"손 잡을래?"

"뭐?! 뭐, 뭐야, 갑자기?!"

아카네는 입술을 삐죽이면서도
사이토가 내민 손을 조심스레 만졌다.

사이토가 꼭 손을 잡아주자
아카네의 떨림이 서서히 가라앉았다.

──넌 항상 지나치게 성실해.

CONTENTS

Class n
Daikirai na Joshi t
Kekk
surukotoninat

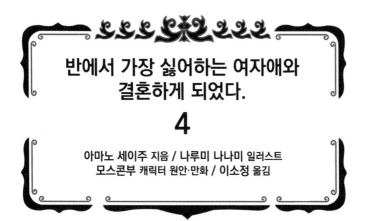

반에서 가장 싫어하는 여자애와 결혼하게 되었다.

4

아마노 세이주 지음 / 나루미 나나미 일러스트
모스콘부 캐릭터 원안·만화 / 이소정 옮김

소미미디어

커버 그림, 본문 일러스트 | **나루미 나나미**
만화 | **모스콘부**

아침부터 아카네의 기분이 좋았다.

새로운 주방에서 콧노래를 부르며 아침을 만들고 있다.

냉장고와 레인지 사이를 오가는 발걸음은 가볍고 하늘거린다. 냄비를 저을 때도 어깨를 흔들며 리듬을 타고 있다.

"무슨 좋은 일이라도 있었어?"

주방에 들어선 사이토가 의아해하며 물었다.

"있었던 게 아니라, 이제부터 있을 거야."

"뭔데?"

"알고 싶어? 알고 싶지?"

국자를 든 아카네가 눈을 반짝이며 사이토의 얼굴을 들여다봤다. 성격은 그렇지만 외모만큼은 훌륭한 탓에 자고 일어나자마자 보기에는 지나치게 자극적일 정도로 사랑스럽다.

"……딱히."

사이토가 고개를 돌렸다.

"뭐야, 솔직하게 알고 싶다고 말해! 이건 국가 기밀 수준의 톱 시크릿이라고?!"

"국가 기밀을 술술 뱉으려고 하지 마."

"술술 안 뱉을 거거든! 솔솔 뱉을 거거든!"

"뭐라는 거야……."

"네가 어떻게든 알고 싶다는 얼굴을 하고 있으니까 어쩔 수 없이 정보를 주려는 거잖아!"

"동정은 필요 없어."

"아, 그러셔! 이제 됐어! 너에겐 안 알려줄 거야!"

아카네가 된장국이 든 냄비를 번쩍 들어 올리는 모습에 사이토는 흠칫했다. 저것은 된장국을 냄비째 던지려는 자세다.

세계의 다른 지역에서는 다를지도 모르겠지만, 우리 집에서는 된장국조차 전략적인 무기가 된다. 당장 방위태세를 갖추지 않으면 된장 맛 교복을 입고 등교하는 처지가 되고 말 것이다.

사이토는 경계했지만, 아카네는 냄비를 던지려고 하지 않았다. 기분 좋은 미소를 지으며 냄비에 든 된장국을 그릇에 담아 나갔다.

"된장국을 나한테 안 쏟는……다고?"

"쏟아줬으면 좋겠어……?"

아카네가 변태를 보는 듯한 시선으로 사이토를 바라보았다.

"아니……. 절대로 사양이지만…… 왠지 모르게 진정이 안 되는데."

"가엾게도 뇌가 상했구나."

"안 상했어."

"겨된장은 매일 저어주지 않으면 상한다던데? 할머니가

그러셨어."

"겨된장이랑 뇌*를 같은 취급하지 마."

사이토의 뇌세포는 더 고도의 구조를 갖췄을 터였다.

"내가 저어줄까?"

"뇌를 저으면 죽어!"

"너라면 괜찮을 거야."

"대체 어디서 나오는 믿음인데!"

"잘해줄 테니까!"

"뇌를 젓는 방법에 기술 따윈 없어!"

아침부터 각종 된장을 놓고 말다툼을 벌이는 와중에도 아카네는 조금도 된장국을 던지려는 기색이 없다.

――왜 이렇게 상냥해진 거야, 아카네!

사이토는 감격했다. 날마다 가혹한 전쟁터에 노출된 탓에 상냥함의 기준이 매우 느슨해진 상태였다.

그렇다 치더라도 오늘 아침 아카네의 상태는 이상하다. 평소 같으면 분노가 폭발했을 상황에서 웃고 있다.

――내 살해 계획이 순조롭게 진행되고 있는 건가? 그래서 웃는 거야?

사이토는 의심에 사로잡혔지만, 딱히 그런 기색도 아니다. 안절부절못하는 느낌이랄까, 기쁨을 억누르지 못하는 느낌이랄까. 어쨌든 압도적으로 긍정적인 오라가 아카네

*일본어로 겨된장과 뇌는 끝 발음이 '미소'로 같다.

의 전신에서 넘쳐흐르고 있었다.

아카네가 데리야키 치킨을 접시에 담으며 힐끔힐끔 사이토 쪽을 바라보았다.

"내, 내 여동생은 말이지, 최고로 귀엽거든."

"갑자기 무슨 소리야?!"

사이토는 맥락을 잡을 수 없었다. 죽은 여동생을 화제로 삼았다가 또 아카네가 침울해할까 걱정됐다.

아카네는 침울해하긴커녕 말하고 싶어 못 참겠다는 듯 들뜬 목소리로 말했다.

"내가 밥을 만들어주면 뭐든 맛있다고 하면서 먹어줘. 내가 그라탱을 숯으로 만들어 버렸을 때도 '언니의 요리는 세계 제일이야!'라면서 무리해서 다 먹어줬을 정도야."

"아니, 거긴 말려야지…… 숯을 먹이는 건 가엾잖아."

"말렸어! 나중에 치우려고 놔둔 걸 동생이 먹어버린 거야. 내가 만든 요리를 어떻게 버리냐면서."

"착한 동생이네."

사이토가 감탄하자 아카네가 흐뭇한 미소를 지어 보인다.

"그렇지? 나한테서 도망친 이웃집 고양이도 여동생은 잘 따랐어."

"그건 네가 자꾸 괴롭히니까 그렇지."

"괴롭힌 적 없어. 그저 강아지풀로 열 시간 정도 놀아줬을 뿐이지."

조금의 거짓도 없는 눈동자였다.

"열 시간……."

사이토가 침을 꿀꺽 삼켰다.

아무리 즐거워도 영겁의 시간을 반복하면 고문이 된다. 그 고양이는 강아지풀을 보는 것조차 싫어졌으리라.

만일 아카네가 장래 누군가를 사랑하게 된다면 상대가 비명을 내지를 때까지 열렬히 사랑할 것이 분명하다. 비록 남의 일이지만 사이토는 그 상대를 동정했다.

"그리고 말이지, 내가 나가려고 하면 동생은 늘 '언제 돌아와……?'라면서 불안한 얼굴이 돼. 울먹이면서 떠는 모습을 보면 가슴이 찡해서 도무지 놔둘 수가 없는 거야. 아, 이 아이는 내가 없으면 안 되겠구나, 그래서 더 잔뜩 보살펴 주고 싶어지지."

꿈꾸는 듯한 얼굴로 말하는 아카네.

추억에 잠긴 모습 앞에서 사이토는 참기 힘든 감정에 사로잡혔다. 아무리 아카네가 여동생을 아낀다 해도 그것은 어디까지나 과거의 이야기다. 그녀의 여동생은 두 번 다시 만날 수 없을 정도로 멀리 가 버렸으니까.

"열이 날 때는 특히나 더 불안해서 자주 손을 잡고 재워주고는 했어."

"얌전하고 솔직하고 가련한 병약 소녀라는 느낌인가? 아카네와는 정반대네."

"정반대라니 뭐야! 나도 얌전하거든!"

아카네가 날린 포크가 테이블 깊숙이 꽂혔다. 쇠붙이라고는 생각할 수 없을 만큼 휘어진 채 경련하는 포크의 모습에 사이토는 생명의 위기를 느꼈다.

"'어른이 되면 언니의 신부가 될 거야!'라고 말해준 적도 있어! 정말~ 너무 귀엽지이~!"

아카네는 눈을 감고 두 팔을 끌어안은 채로 몸을 비틀었다.

"잘은 모르겠지만 네가 동생한테 푹 빠졌다는 건 잘 알겠어."

이 호불호 확실한 아카네가 이렇게나 사랑할 정도니 얼마나 귀여운 동생이었을까. 침대에서 책을 읽는 온실 속 아가씨라는 모습을 쉽게 떠올릴 수 있었다.

한 번은 만나보고 싶었는데, 라고 사이토는 생각했다.

화창한 햇살을 받으며 사이토는 학교의 안뜰에서 책을 읽고 있었다.

점심시간의 안뜰은 사람이 적고 시비를 거는 아카네도 없어서 조용히 독서를 즐기기에 최적이었다. 화초 향기를 실은 바람이 뺨을 어루만지며 책장을 넘기려 한다.

자택에서는 기대할 수 없는 평온함을 만끽하고 있는데, 등 뒤에서 소리가 났다.

"선배♪."

애교 섞인 코맹맹이 소리.

사이토가 아는 사람 중에 자신을 선배라고 부르는 사람은 없었다. 누구일까 생각하며 사이토가 돌아보았다.

긴 머리의 소녀가 뒷짐을 지고 사이토 쪽으로 몸을 내밀고 있었다.

천진함이 남아 있지만, 아이돌처럼 사랑스러운 얼굴. 커다란 눈동자는 어딘지 장난기 많은 악동 같은 기색을 띠고 있었다.

하트 머리끈으로 묶인 두 가닥의 땋은 머리 때문일까. 아직 얼굴에 앳된 느낌이 남아 있었다. 하지만 날씬한 몸매는 어른의 매력을 갖추고 있었고, 가터벨트를 두른 허벅지가 고혹적인 분위기를 자아냈다.

사이토는 기시감을 느꼈다. 아는 사이가 아닌데, 어디선가 만난 적이 있는 것만 같았다.

서둘러 기억을 거슬러 올라간 그는 곧바로 떠올랐다.

한때 사이토가 첫눈에 끌렸었던, 그 아이와 닮아 있었다. 텐류가 별장에서 개최한 졸업 기념 파티에 와 있던 긴 머리의 소녀. 당시엔 그녀도 초등학생 정도였지만 성장하면 이런 느낌이 될지도 모른다.

"······누구?"

사이토가 곤혹스러운 어조로 물었다.

소녀가 입가를 누른 채 눈을 동그랗게 떴다.

"어라? 선배, 나 진짜 몰라? 뭐야, 잘 좀 봐. 나잖아, 나. 마호잖아!"

"전혀 몰라! 누군데, 마호가!"

"내 이야기 전혀 못 들었어? 인류 최초로 맨몸 우주 비행에 성공한 마호라고!"

"그런 큰 뉴스라면 나도 못 들었을 리 없을 텐데!"

머리를 맞아 기억 상실증에 걸리지 않은 이상 완벽한 초면이었다. 신종 '나야 나' 사기 기술이라도 장착하고 있는 것일까 하고 사이토는 의심했다.

마호라고 지칭한 소녀는 입가에 손가락을 가져가며 중얼거렸다.

"흐음, 그렇구나······. 뭐, 그렇다면 그걸로 됐어."

"뭐가 됐다는 건진 모르겠지만, 나한테 무슨 볼일이야?"

의아해하는 사이토 앞에 마호가 다시 자리했다.

　단정한 얼굴이 다가오고, 선명하게 붉은 입술이 사이토의 눈을 자극했다. 소녀의 맨살에서는 달콤한 공기가 떠다녔다. 입술이 거의 닿기 직전, 마호가 속삭였다.

　"선배가 마음에 들어. 내 연인이 되어줘♪."

　"뭐?!"

　사이토가 몸을 뒤로 뺐다.

　"뭐야. 그렇게 놀랄 건 없잖아? 상처받는단 말이야."

　"아니…… 보통은 놀라지. 모르는 상대가 갑자기 그런 말을 하면."

　게다가 상대는 그 아이를 똑 닮은 소녀다. 사이토는 자신의 심장 박동수가 상승하는 것을 느꼈다.

　"나는 선배를 잘 알고 있는데?"

　"……그래?"

　마호는 두 다리를 폴짝 튕기는 듯한 기운찬 움직임으로 사이토의 옆에 앉았다.

　"응! 선배는 계~속 학년 최고 성적이었지! 고등학교뿐만 아니라 초등학교 때도, 중학교 때도! 머리 좋은 남자는 너무 멋있어~! 존경스러워!"

　"그, 그래……."

　직설적인 찬사에 사이토는 뺨을 긁적였다.

　1위에 군림하는 것은 언제나 있는 일이었다. 새삼스레

칭찬하는 사람은 드물다 보니 가끔 칭찬을 받으면 진정이 되질 않는다.

첫 만남인데도 소녀는 몸이 닿을 듯 닿지 않는 절묘한 거리에 앉아 있었다. 분명 그녀는 알고 있으리라. 자신이 매력이 넘치고, 그 위치에 앉으면 남자에게 부담을 줄 수 있다는 것을.

"게다가 선배가 그 호조 그룹의 차기 당주라며? 완전히 재벌이잖아. 여자애들한테 인기 있는 게 당연하다는 느낌?"

"그렇지는 않은 것 같은데."

"거짓말. 나 알고 있는데? 3학년 히마리 선배한테 고백 받고 거절했다는 거. 히마리 선배 미인에다 상냥하고 엄청 인기도 많은데 왜 차버린 거야~? 이 복 많은 남자~ ♪."

마호가 사이토의 옆구리를 팔꿈치로 꾹꾹 찔렀다.

"그건……."

"이유도 알고 있어. 아카네 선배랑 같이 살아서 그렇지?"

"……?!"

사이토는 얼어붙었다.

한정된 친족 이외에는 알지 못하고, 결코 알려져서도 안 되는 정보. 누군가에게 들리지는 않았을까 싶어 사이토는 빠르게 주위를 둘러보았다.

그런 사이토의 생각을 꿰뚫어 본 것인지 마호가 웃는다.

"괜찮아. 아무도 없어."

"어떻게…… 아는 거지……?"

사이토가 힘겹게 목소리를 짜냈다.

"좋아하는 사이토 선배의 일은 뭐든지 알고 있으니까~."

마호가 손으로 눈가에 V자를 그리며 윙크했다. 완벽하게 계산된 귀여움이 오히려 화를 돋웠다.

"얼버무리지 마. 그건 설명이 아니잖아."

"설명할 생각 없는걸?"

"누구한테 들었어?"

"할머니한테 들었어."

"웃기지 마! 넌 알아선 안 되는 걸 알아버렸어……. 어떻게든 입을 막아야 해……."

사이토가 마호의 어깨를 움켜쥐었다.

"꺄아~ ♪. 야한 벌 받는다~ ♪."

"그런 짓은 안 해!"

괜한 소문이 날까 우려해 손을 놓는 사이토.

마호는 달아나기는커녕 재미있어서 못 참겠다는 듯 발을 동동 구르고 있다. 완전히 남자를 얕보고 있다.

"너는…… 대체 뭐야……."

"마호야!"

"이름을 말하는 게 아니라……."

사이토는 극심한 피로감을 느꼈다.

이 종잡을 수 없는 소녀, 목적도 모를뿐더러 정체도 모른다. 언행이 너무 뒤죽박죽이라 어떻게 대응하는 것이 정답인지도 계산할 수 없다.

마호가 사이토의 무릎에 손을 얹고 얼굴을 가까이 가져갔다.

"……그래서? 나랑 사귈 거야?"

"지금까지의 흐름에서 어떻게 하면 사귄다는 결론이 나오는데!"

"하지만~, 나는 사이토 선배와 아카네 선배의 위험한 비밀을 알고 있어. 다시 말해~ 내 요구에 응하지 않으면~ 어떻게 될까~?"

"너, 너…… 설마……."

사이토의 등줄기에 식은땀이 흘렀다.

"그 설마입니다~."

마호가 히죽 웃었다.

가슴을 한껏 부풀리며 숨을 들이마시더니, 입 주위를 메가폰처럼 손으로 감싸고, 학교 건물에 쩌렁쩌렁 울릴 정도로 목청 높여 외친다.

"여러분~, 들어 보세요~! 3학년의 사이토 선배와 아카네 선배느은~!"

"잠깐잠깐잠깐잠깐!"

사이토가 다급하게 마호의 입을 틀어막았다.

힘이 넘친 나머지 마호의 몸이 넘어가며 벤치로 떠밀려

넘어졌다. 긴 머리카락이 벤치 위를 흘러 땅을 향해 어지러이 흐트러졌다.

후배에게는 어울리지 않는 색기. 손바닥에 닿는 입술의 감촉이 생생했다.

밀쳐 넘어진 듯한 자세 그대로 마호가 키득거렸다.

"와~♪. 선배도 대담하긴~! 역시 입을 막는다는 건 이런 걸 말하는 거구나?"

"지금은 긴급 피난이다……. 잠깐 대화 좀 할까……."

사이토는 소녀가 아니라 폭발물을 밀쳐 쓰러뜨린 기분이었다. 조금만 잘못 다뤄도 이 폭탄은 가차 없이 터져버리고 말 것이다.

"내 입술 부드러웠지?"

"입술 얘기는 나중에!"

"다시 한번 해볼래? 이번엔 선배 입술로~."

"잠……."

사이토의 가슴팍을 잡고 몸을 일으킨 마호가 입술을 가까이 가져왔다. 갑작스러운 접근에 사이토는 미처 대피가 늦고 말았다.

그때, 두 사람 사이에 포탄이 날아왔다.

아니, 그것은 포탄이 아니었다. 지면에서 무시무시한 속도로 발사된 시세이의 몸이었다.

시세이가 벤치에 격돌함과 동시에 사이토와 마호가 좌

우로 튕겨 나갔다.

마호는 비명을 지르며 벤치에서 굴러떨어졌다.

시세이는 벤치 위에 늠름한 자세로 우뚝 서더니 휴 하고 숨을 몰아쉬며 이마를 닦았다.

"위험할 뻔했다. 오빠, 무사해?"

"시세……!"

실로 용사다운, 그야말로 영웅적인 행위.

사이토는 영웅에게 구원받은 소녀의 심정이었다. 지금의 자신은 분명 순정만화에 나오는 여주인공의 표정이 되어 있을 것이다.

시세이가 듬직한 얼굴로 선언했다.

"오빠는 시세가 지킨다. 설령 어떤 강적이 가로막아도 시세의 힘으로 쓰러뜨리고 굴복시켜꿈."

시세이가 표명한 씩씩한 결의는 돌연 달려든 마호에 의해 가로막혔다.

마호는 시세이를 감싸 안은 채 붕붕 휘둘렀다.

"귀여워…… 귀여워어어! 뭐야 이거?! 속눈썹 길어~! 볼 말랑말랑해~! 피부는 매끈매끈! 너무 귀엽잖아! 요정이야?! 아니면 인형?!"

"내 사촌 여동생 시세이다……. 휘두르지 마."

시세이의 눈은 이미 빙글빙글 돌고 있었다. 작은 동물의 직감으로 저항할 수 없다는 것을 깨달은 것인지 손발도 움직이는 대로 힘없이 휘날리고 있다.

마호가 욕망을 고스란히 드러내며 물었다.

"나 가져도 돼?"

"가져가지 마."

"행복하게 해줄게. 제단에 장식해두고 매일 마시멜로를 바칠게!"

"그 인생에서 시세가 행복할 거라는 생각이 안 드는데."

"뭐, 어때! 갖고 싶어, 갖고 싶어, 갖고 싶어! 유괴해 버릴 거야!"

"유괴하지 마."

이유 불문하고 시세이를 데려가려는 마호에게서 사이토는 시세이를 떼어냈다. 갑작스러운 폭거에 겁을 먹은 것인지 시세이는 가늘게 떨며 사이토에게 매달렸다.

마호는 주먹을 불끈 쥐더니 사이토를 노려보았다.

"으윽…… 호조 사이토, 용서 못 해……."

"넌 나한테 고백을 하러 온 거야, 시세이를 납치하러 온 거야!"

"물론 선배에게 고백하러 왔지! 하지만 귀여운 아이가 있으면 납치하고 싶은 게 당연하잖아?!"

"위험한 사상이다……!"

"시짱 귀여워……. 시짱의 가슴, 만지고 싶어……."

"변태녀냐?!"

꿈틀꿈틀 손을 꿈지럭거리며 살금살금 다가오는 마호.

시세이를 품속에 안고 보호하며 뒷걸음질 치는 사이토.

한창 보호를 받던 시세이는 혼란한 틈을 타 사이토의 가슴을 주무르고 있었기에 이쪽도 이쪽대로 변태다.

"시세…… 내 가슴에서 손 떼."

"거절한다. 여동생은 오빠의 가슴을 키워줄 의무가 있어."

"일단 그런 의무는 없고…… 내 가슴은 자라지 않아!"

"오빠는 성장기니까 가능성이 있어. 스스로 자신의 가능성을 낮추는 건 어리석은 짓이야."

시세이는 단호한 얼굴로 자기주장을 굽히지 않았다. 이 여동생에게는 나중에 그에 상응하는 보복을 해줘야겠다.

일촉즉발의 분위기에 휩싸인 안뜰에 종소리가 울렸다. 점심시간의 종료를 알리는 예비종이다.

마호가 손을 내리고 전투태세를 해제했다.

"목숨을 건졌네, 선배. 하지만 이건 끝이 아니야. 이제부터 시작이지."

"최종 보스 같은 대사 하지 마."

세계 평화를 어지럽히는 최종 보스는 아카네 한 명으로도 족하다.

"그럼 또 봐, 선배♪."

마호는 윙크를 보내고는 사라졌다.

사이토는 교실로 돌아왔지만, 아직 5교시 수업 담당 선생님은 들어오지 않았다.

연휴 후유증이 아닌 점심시간 후유증에 젖어 있는 학생들은 너나 할 것 없이 흩어진 채로 재잘거리고 있었다. 히마리와 떠들고 있는 아카네는 아침처럼 기분이 좋은 모양이었다. 무슨 일이 있었는지 사이토도 궁금했지만 지금 와서 물을 수도 없었다.

"아까 그 애, 취향?"

사이토의 책상에 앉아 있던 시세이가 물었다.

"취향 같은 거 없어."

"하지만 그 애가 다가왔을 때 오빠의 인중이 늘어나 있었어. 50cm 정도."

"인체가 어떻게 그렇게 늘어나냐!"

"오빠라면 가능. 시세는 믿어."

"믿어주는 건 고맙지만 내게도 불가능한 게 있어."

이건 겸손이 아니다. 사실이다.

"오빠, 그 애한테서 진심으로 도망치려고 하지 않았어. 오빠는 상대가 귀여운 여자애라면 누구와도 키스해?"

시세이가 고개를 갸우뚱했다.

사파이어처럼 맑은 눈동자가 사이토를 올곧게 응시하고 있다. 그 지나치게 순수한 시선 때문인지 사이토는 온갖 사심이 간파당한 듯한 느낌이 들었다.

"갑자기 덮쳐와서 반응이 늦어졌을 뿐이야."

"그게 이상해. 평소의 오빠라면 반사적으로 그 아이를 박살 냈을 텐데."

"내가 전신 흉기냐! 그런 녀석은 내버려 두면 안 되지."

"오빠, 저런 마성의 여자가 좋아?"

"뭐…… . 겉모습은 싫지 않았어."

추억의 그 소녀와 닮았으니까. 사이토가 끌렸던 그 아이는 마성과는 거리가 먼 청초하고 가련한 타입이었지만.

"오빠는 외모만으로 여자를 판단하는 하체 지상주의. 시세, 외웠어."

"외우지 마!"

"시세랑도 키스할래?"

시세이가 손가락을 가져가 사이토의 입술을 매만지더니 속눈썹이 닿을 것 같은 거리에서 눈을 들여다보았다. 시세이 팬클럽 여자들에게 들키면 살해당할 상황이었다.

"여동생과 키스는 안 해."

"괜찮아, 아카네는 못 봐."

시세이가 은밀하게 속삭였다. 여동생의 달콤한 한숨이 사이토의 입술을 간질였다.

"들킬 걱정을 하는 게 아니야."

"옛날에는 키스했는데?"

"그건 어릴 적 얘기지. 애초에 입술도 아니었고, 가족끼리 하는 뽀뽀였잖아."

"가족의 뽀뽀라면 지금 해도 되잖아."

"여기선 안 돼."

"시세는 어디든 좋아. 귀 뒤든 배꼽이든."

"자꾸 오해 살 만한 말 하지 마."

사이토는 시세이의 손가락을 잡아 자신의 입술에서 떼어냈다.

──너도 상당한 마성이야.

그리고 속으로 중얼거렸다. 시세이의 완벽한 미모에 익숙한 사이토가 아니었다면 초속으로 격파당하고 말았으리라.

시세이가 책상에서 미끄러져 내려왔다. 그 탓에 교복 치마가 말려 올라가 사이토는 재빠르게 옷을 정리해주었다. 마성의 일면이 있는 한편 어린 시절과 마찬가지로 손이 가는 부분이 있어서 가만히 놔둘 수가 없었다.

"그 아이, 위험한 냄새가 나. 조심해."

"너 유괴당할 뻔했으니까."

"그런 의미가 아니야."

시세이는 자신의 자리로 돌아갔다.

방과 후 사이토는 3학년 A반 교실에서 오랜만의 자유에 설렘을 느끼고 있었다.

아카네는 히마리와 함께 놀 예정이라 부부끼리 장을 보러 가는 일정도 없다. 시세이는 부모님과 쇼핑을 하러 가는지 익숙한 그 메이드 운전사를 불렀다.

즉, 오늘의 사이토는 학교를 벗어나면 온전한 혼자였다.

시세이와 거리를 걷는 것은 즐겁지만 가끔은 혼자 있고 싶을 때도 있다. 예를 들면…… 다소 선정적인 요소가 있는 소설 발매일 같은 날이라든가.

오래전부터 읽고 있는 해외 SF 소설 시리즈. 우주 개발을 테마로 하고 있어서 지적 흥분을 유발하지만, 난감하게도 표지가 너무 섹시하다. 야한 장면도 많고. 비록 가족이라고 해도 같은 또래의 소녀와 둘이서 사러 가기에는 저항감이 있었다.

책을 사는 김에 오늘은 가볍게 영화관에 들어가 보는 것도 좋겠다. 드러그스토어를 여기저기 돌아다니며 영양제를 사 모으는 것도 우아한 방과 후를 만드는 한 방법일 것이다.

사이토가 그런 자유롭고도 방탕한 기대를 부풀리고 있을 때였다.

"선배~!"

명랑하고 발랄한, 사형선고와 같은 호칭이 교실에 울려

퍼졌다.

교실 입구에 마호가 서 있었다. 삼도천 저편에서 크게 손을 흔들고 있다.

"시세, 도망가!"

사이토가 옆을 바라보았지만 이미 시세이의 모습은 없었다. 순간이동 같은 속도로 이미 도주해 버렸다.

오빠를 지키겠다고 기세 좋게 말했던 건 뭐였냐! 그렇게 생각한 사이토지만 현명한 판단이었다. 다가오는 폭풍우를 앞에 두고 작은 동물이 도망치는 것은 당연한 순리다.

교실에 남아 있던 반 아이들이 웅성거렸다.

"와아, 엄청 귀엽다……" "1학년인가?" "저런 귀여운 애가 있었나?" "전학생 아냐?" "누구한테 볼일 있나?"

등등, 남학생들의 이목이 쏠렸다. 특히 마호의 허벅지에.

마호는 일부러 머뭇거리면서 입구 부근의 남자들에게 물었다.

"저기…… 저, 호조 선배를 보고 싶어서 왔는데요……. 호조 선배, 있나요……?"

수줍음이 가득 담긴 사랑하는 소녀의 표정. 그녀의 시야는 정확히 사이토의 모습을 포착하고 있었으니 눈치채지 못할 리 없다.

남자들의 분노가 담긴 시선이 사이토에게 날아와 박혔다.

"호조…… 또 너냐!" "이시쿠라의 사랑만으로는 성에 안 차서 또 이런 귀여운 후배까지!" "그런 극악무도한 자는 하늘이 용서해도 우리가 용서하지 않겠다!"

"내게 대체 뭘 했는데?!"

사이토의 항의에는 아랑곳하지 않은 채 남자들이 사이토를 들어 올렸다.

"""영차! 영차! 영차!"""

활력 넘치는 구호와 함께 사이토를 베란다로 실어 날랐다. 총력을 모아 공중에 내던지려 하는 것이다.

"너희들, 진정 좀 해! 여긴 4층이라고!"

"""우-리-들-의 원-한-을-, 호-죠-의 피로-."""

"뭔데, 그 노래는?! 누가 병사를! 병사를 불러줘!"

사이토의 요청에 응하는 자는 없다. 사면초가의 상황이었다.

"그만하세요! 제가 좋아하는 호조 선배에게 그런 나쁜 짓은 하지 마세요! 저는 호조 선배와 행복해지고 싶을 뿐이에요!"

마호가 비극의 여주인공 행세를 하며 외쳤지만 역효과였다. 남자들은 피눈물을 흘리며 사이토를 앞뒤로 흔들기 시작했다. 4층에서 떨어뜨리는 것만으로는 부족하다는 듯, 대기권 밖으로 던져버리고 싶다는 심정이 넘쳐흘렀다. 마호가 일부러 남자들을 부추기는 것이 분명했다.

사이토는 온 힘으로 남자들의 구속에서 벗어나 그들의

머리를 밟고 도약했다. 교실로 다시 뛰쳐들어간 그는 가방을 움켜쥐고 복도로 탈출했다.

마호가 키득거리며 사이토를 쫓아왔다.

"고생했네, 선배♪."

"누구 때문이라고 생각하는 거야……."

남자들이 추격해오지 않는 것을 확인하고 사이토는 안도했다. 그들도 한때의 격정에 휩쓸린 것일 뿐, 진심으로 동급생을 인간 포탄으로 만들 생각은 없었으리라. 아마도.

"나한테 무슨 용건이야?"

사이토는 몸서리치며 물었다.

"내 용건을 물어봐 주는 거야?! 선배 상냥해!"

마호가 가슴 위로 손을 꼭 쥐었다.

"안 물으면 물을 때까지 따라올 거잖아."

"선배는 날 잘 알고 있네~. 혹시 내 팬?"

"팬도 아니고 너에 대해선 지구 밖 생명체라는 것 말고는 몰라."

"응? 나에 대해 더 알고 싶어? 몸 구석구석까지 자세히 알려줬으면 좋겠어? 정말, 선배도 엉큼하다니까~ ♪."

찰싹찰싹 사이토의 어깨를 치는 마호.

움찔움찔 뺨을 경련하는 사이토.

방 유리창에 매달려 있는 매미만큼 거슬리지만, 다가오는 방법이 귀여운 탓에 함부로 내치지 못한다는 것이 더욱 거슬렸다.

"좋아, 네 주소, 성명, 전화번호를 자세히 알려줘. 부모님께 전화해서 맡기겠어."

"으음, 부모님께 소개하는 건 아직 이르지 않아? 우리 아직 애도 안 생겼는데."

"애가 생긴 후라면 소개가 아니라 최후통첩이잖아!"

이미 결혼이 코앞까지 다가온 단계, 부모도 반격할 방법이 없다.

마호가 씩씩하게 자기소개를 했다.

"음, 그러니까~, 나는 마호야! 고등학교 1학년이고~ 선배의 연인이야!"

"아무 정보도 없고 근본적으로 틀렸어!"

"뭐 어때? 앞으로 서로에 대해 많이 알아가면 되잖아? 둘이 함께 이 길을 함께 걸어가면서……. 그렇지?"

눈빛을 촉촉이 적시며 허울 좋은 말을 해대지만, 그저 모호한 연기로 뒤덮여 있을 뿐이다. 사이토의 정보는 사적인 곳까지 알려져 있는데 공정하지 못했다.

"나 오늘 전학 온 지 얼마 안 돼서 이 학교를 전혀 몰라. 그래서 선배한테 안내받으러 왔어! 맡아줘서 고마워!"

"맡겠다고 한마디도 한 적 없어. 반 애들한테나 부탁해."

"어째서인지 반 여자애들한테 바로 미움을 받아버렸어. 난 이렇게나 귀여운데, 이상하지 않아?"

"아아……."

연신 윙크하며 어필해 오는 마호의 모습에 사이토는 납득했다. 이는 남자에게는 공주 취급을 받더라도 여자에게는 이유 없이 미움받는 타입이었다.

자업자득이지만 사이토 역시 반에 특정한 친구가 있는 것은 아니다. 아카네도 히마리 이외엔 거리를 두고 있으므로 남의 일 같지 않았다. 아직 초등학생 시절에는 사이토도 친한 그룹에 속해 있지 않다는 것에 소외감을 느꼈던 적이 있기 때문이었다.

"알았어. 안내 정도는 해줄게."

"내가 귀여워서?"

"불쌍해서다."

"결국 사랑?"

"사랑은 없어."

"몸뿐인 관계?! 처음에는 그것도 좋네!"

"좋지 않아. 너, 지나치게 긍정적이라 짜증 난다는 말 자주 안 들어?"

마호가 폴짝폴짝 뛰었다.

"자주 들어, 자주 들어! 선배, 나에 대해 잘 아네! 혹시 내 스토커?!"

"오늘 전학 온 녀석의 스토커는 어떻게 하면 될 수 있지?"

"그건 선배가 좀 생각해 봐!"

"아무리 생각해도 무리인 건 무리야."

천재성을 자랑하는 사이토라도 시공을 초월하는 재주는 갖고 있지 않았다.

잰걸음으로 걸어가는 사이토 옆에 마호가 나란히 섰다.

"일단 교무실과 교장실 자리는 기억해두는 편이 좋아. 넌 자주 불려갈 것 같으니까."

으쓱한 얼굴로 고개를 끄덕이는 마호.

"그렇겠지? 선생님도 귀여운 나랑 잔뜩 대화하고 싶을 테니까."

"넌 무지갯빛 꿈속 세계에 살고 있냐."

"당연하지. 그리고 선배는 앞으로 꿈나라의 왕자님이 될 거야."

"제발 좀 봐줘……."

사이토는 좀 더 땅에 발을 붙이고 살고 싶었다.

혼자서 10명 몫만큼 수다스러운 마호를 데리고 1층부터 교사를 돌았다.

특별교실을 차례로 소개하고 사무실이나 방송실 등의 장소도 알려주었다. 전학 온 지 얼마 안 됐다는 말은 사실인지 마호는 열심히 귀를 기울여 지리를 외우려고 했다.

"저 질문 있어요! 선배와 꽁냥대고 싶을 땐 어떤 교실을 사용하면 되나요!"

"나와 네가 꽁냥댈 미래는 없으니까 그 질문에는 대답할 필요가 없네."

"미래는 있어! 두 사람의 빛나는 미래가! 혹시 선배는 남들이 보는 쪽이 불타는 타입?! 나 환멸을 느꼈어!"

"마음껏 환멸을 느껴줘."

그게 손이 덜 가서 좋다.

"농담, 농담! 환멸 같은 건 안 해! 유감스럽지만 완전 좋아해용~♪."

"이 자식……."

사이토는 마호를 버려둔 채 달아나고 싶은 충동을 느꼈지만, 팔에 매달려 있어 도망칠 수도 없다.

그곳에 있는 것만으로도 장소가 화사해지는 훌륭한 용모를 가진 마호는 방과 후의 교내에서도 이목을 끌고 있었다. 지나가던 남학생들은 멈춰 서서 마호를 바라보고 있다. 그녀라면 연인 후보는 원하는 대로 골라잡을 수 있을 것이다.

이런 소녀가 전학 첫날 고백하다니 누가 봐도 이상했다. 어떤 의도가 숨겨져 있다고 생각해야 했다.

"너, 왜 나한테 고백했어?"

다른 학생들이 듣지 못하도록 사이토는 작은 소리로 마호에게 물었다.

"으응? 첫눈에 반해서?"

마호가 수줍다는 듯이 어깨를 움츠렸다.

"말도 안 되는 소리 마. 난 그런 미형이 아니야."

사이토가 있는 그대로의 자기평가를 말하자 마호가 사이토 앞으로 빙글 돌아섰다. 뒷짐을 지고, 가까이에서 물끄러미 사이토의 얼굴을 바라보았다.

"뭐, 뭐야……?"

"음……. 겉모습은 멋지다고 생각해. ……겉모습은."

"그것참 고맙네."

사이토는 귀가 뜨거워지는 것을 느꼈다.

하지만 신경 쓰이는 것은 "……겉모습은"이라고 덧붙였을 때의 마호의 표정이었다. 찰나의 악의, 혹은 어둠 같은 것이 스친 느낌이 든 것은 착각이었을까.

이 소녀의 언행을 겉으로만 판단하는 것은 위험했다. 극비정보가 노출된 상태다. 무슨 일을 꾸미고 있는지 밝혀내야 했다.

사이토가 고민하면서 계단을 내려가는데, 어느새 옆에서 마호의 모습이 사라졌다.

"선배~! 여기, 여기! 이거 봐봐~!"

마호는 계단 위 난간에 걸터앉아 있었다. 사이토가 말릴 새도 없이 마호는 난간에 앉은 채로 단숨에 미끄러져 내려왔다. 바람을 가르고 긴 머리카락이 휘날리며 치마가 심하게 펄럭였다.

"위험해!"

균형을 잃고 굴러떨어질 뻔한 마호를 사이토는 반사적

으로 껴안았다.

품 안으로 마호의 몸이 들어왔다. 생각보다 가냘프고, 여리고, 구름 조각처럼 부드러웠다.

마호가 키득키득 웃으며 사이토의 얼굴을 올려다보았다.

"나이스 캐치, 선배!"

"나이스 캐치가 아니지! 뭐 하는 거야!"

"이거, 한 번은 해보고 싶었거든~! 그냥 걸어서 내려가는 것보다 이게 더 빠르지 않아?"

"다치면 어쩌려고!"

"선배가 도와줄 거라 믿고 있었어!"

"오늘 막 만난 인간을 어떻게 믿는다는 거야……."

신뢰는 실적을 쌓으면서 생겨나는 것이다. 근거 없는 신뢰는 단지 추측에 불과하다.

"그리고 말이야, 하고 싶은 건 다 해봐야지. 아깝지 않아? 인간은 언제 죽을지도 모르는데."

"뭐, 일리는 있는데……."

하지만 마호처럼 기운 넘치는 여고생의 입에서 나온 말이라고 하기엔 지나친 달관이 느껴져서 위화감이 들었다.

"그렇지? 그러니까 선배를 좋아한다고 생각하면 바로 고백해야지."

"그건 이야기가 다르지."

"그럼 선배는 좋아하는 상대에게 고백하지 않은 채로 졸업하고, 어른이 된 지 20년 정도 지난 후에 '아, 그때 고백하면 좋았을 걸……' 하는 식으로 후회해도 좋아?"

마호가 사이토의 눈을 들여다보았다.

"좋아하는 상대가 없어서 몰라."

둔탁한 아픔과 함께 떠오르는 것은 이름도 묻지 못하고 헤어져 버린 '그 아이'의 모습. 적어도 연락처라도 교환해 뒀더라면 더 많은 이야기를 나눌 수 있었을지도 모르는데.

"좋아하는 사람이 없다니, 재미없는 인생이네♪."

"너 진짜……."

"같이 살고 있는데, 아카네 선배는 안 좋아해?"

사이토는 말문이 막혔다.

물론 상대는 천적인 여자였기에 좋아하지 않았다. 하지만 싫다는 단순한 한마디로 넘기기엔 두 사람은 너무 복잡하고 깊이 있는 시간을 보내고 있었다.

대답을 망설이는 자신의 모습에 사이토는 의외라고 느꼈다. 얼마 전이었다면 망설임 없이 대답할 수 있었을 텐데.

"그건…… 좋고 싫고를 따질 수 있는 문제가 아니야."

"뭐, 그렇지. 집안 사정이라는 걸 테니까."

연신 고개를 끄덕이는 마호.

대체 이 소녀는 어디까지 상황을 파악하고 있는 것일까. 사이토는 불안함을 느꼈다. 조부모의 명령으로 억지로 결혼한 것까지 알고 있는 걸까.

"그럼 있잖아, 나랑 마음껏 사랑하자~! 그쪽이 분명 더 좋을 거야!"

마호는 사이토에게 달려들어 팔을 감았다. 사이토의 팔을 감싸오는 교복에 달콤한 향내가 감돈다. 긴 머리가 층계참 햇살에 반짝이며 다가왔다.

건방진 소리만 해대고 무언가 꿍꿍이가 있는 것 같아 방심할 수 없는 소녀였지만, 사이토는 이상하게도 마호를 미워할 수 없었다. 만난 지 얼마 안 됐는데 어딘가 친근한 분위기가 느껴졌다.

"너무 달라붙지 마."

"흥분할까 봐?"

마호가 놀리듯이 물어왔다.

"흥분 안 해."

"에이, 거짓말! 이런 미소녀가 달라붙어 있는데 흥분을 안 할 리가 없잖아. 게다가 선배는 동정인 것 같고. 두근두근하지?"

"동정이라는 건 인정하지만 두근거리지는 않아."

애써 부정하고 있었지만, 사이토의 체온이 상승하고 있는 것은 분명했다.

그것을 이미 알고 있는지 마호는 생글생글 웃었다.

"선배한테 학교 안내도 받았으니 보답으로 밖에서 디저트라도 쏠게!"

"보답할 필요 없어."

사이토는 남을 돌보는 것엔 익숙했다. 특히 마호처럼 응석에 특화된 연하는 가까운 곳에 시세이라는 전례가 있다.

"내게 빚지게 해놓고 더 굉장한 걸 요구할 생각이야?"

마호가 자신의 몸을 감싸 안고 뒷걸음질 쳤다.

"굉장한 게 뭔데."

"지구의 에너지 문제 해결이라든가!"

"해결되면 굉장하겠네."

"50억 명 정도가 열심히 발전기를 돌리면 친환경이 되지 않을까?"

"50억 명이 너무 가엾잖아."

"하지만 현실의 격차라는 게 원래 그런 거 아니야? 선배."

"갑자기 잔인한 이야기 시작하지 마."

언뜻 보기엔 언행이 거친 소녀지만, 실은 의외로 머리가 좋을지도 모른다. 이 소녀는 좀처럼 바닥을 드러내지 않았다.

"그보다 학교 근처의 상가는 가본 적이 없으니까 선배가 안내해줬으면 좋겠어. 반의 귀여운 여자애들이랑 사이좋게 지내기 위해서라도 맛있는 디저트 가게는 알아두고 싶단 말이야. 안 될까?"

작은 눈동자를 깜빡인 마호가 이쪽을 올려다보며 어필해왔다. 오빠 경력이 긴 사이토로서는 여동생 같은 연하

소녀가 조르는 것에 약했다.

"……어쩔 수 없지."

"아싸! 선배랑 데이트다!"

마호가 기뻐하며 사이토의 팔을 덥석 껴안았다.

"데이트는 아니야."

"데이트지~. 연인끼리 놀러 가는 거니까."

"우선 연인 사이가 아니야."

"그렇게나 서로 사랑했는데! 선배…… 설마 기억이?!"

"남을 멋대로 기억 상실로 만들지 마."

"그날처럼 머리를 방망이로 풀스윙하면 기억이 돌아올까?"

"기억 상실의 원인이 너였냐!"

마호는 사이토의 팔을 끌고 계단을 뛰어 내려갔다.

마치 총탄과도 같은 기세였다. 생명력이 온몸에서 넘쳐 흘렀다. 태어나서 감기조차 한 번도 안 걸린 사람 같았다.

두 사람은 학교를 벗어나 인근 상가로 향했다.

반강제라고는 해도 부탁받은 이상 기대에 부응하는 것이 연장자의 의무였다. 마호가 반 여자애들과 친분을 다지려면 어느 가게가 좋을까 하고 사이토는 진지하게 고민했다.

사이토도 유명한 곳을 많이 아는 것은 아니지만, 하굣길에 시세이와 함께 간 가게나 아카네 접대용으로 알아본 가게들이 몇 군데 있었다. 그중에서 퀄리티와 비용적인 면을 비교해 엄선한 가게로 마호를 데리고 갔다.

사이토는 디저트 가게 앞에서 걸음을 멈췄다.

"여긴 어때? 과일을 듬뿍 사용한 케이크나 젤리, 저칼로리에 건강을 생각한 메뉴들이 갖춰져 있어서 우리 학교에서도 인기래."

"저기 있지, 선배! 그런 것보다 햄버거 먹자!"

마호가 맞은편 패스트푸드 가게를 가리켰다.

"네가 디저트 가게를 알려달라고 했잖아!"

사이토는 허무함을 느꼈다.

"그렇긴 한데~, 솔직히 건강을 생각한 디저트보다 햄버거가 더 맛있지 않아?"

"뭐…… 나도 그쪽이 더 취향이긴 하지만……."

애초에 단 음식은 시세이나 아카네에게 맞춰서 먹고 있을 뿐, 그렇게까지 좋아하지는 않았다. 사이토가 원하는 것을 고를 수 있다면 고기가 좋은 것은 당연했다.

"그렇지? 이 신메뉴는 어때? 비프스테이크 돈가스 피자 버거래!"

두 사람은 가게 앞의 포스터를 바라보았다.

"상당히 머리 나빠 보이는 메뉴네."

"한 입만 먹어도 지능지수가 떨어질 것 같아~. 어때?"

마호가 짓궂은 얼굴로 한쪽 눈을 찡긋하며 가게 안을 엄지손가락으로 가리켰다.

"갈까!"

"야호~!"

사이토와 마호는 당초 목적을 날려버린 채 패스트푸드 가게로 돌입했다.

둘이 함께 비프스테이크 돈가스 피자 버거와 감자튀김, 콜라(물론 칼로리 제로는 아니다)를 주문해 창가 테이블에 자리했다.

쟁반 위에 올려진 버거는 포스터의 견본 사진을 능가하는 박진감을 자랑했다.

번 사이로 비트 스테이크와 돈가스, 피자가 고스란히 끼워져 있어 금방이라도 쏟아질 것 같았다. 단백질과 지방질, 탄수화물에만 영양소가 치우친 칼로리 괴물이다.

"이거…… 엄청나네."

사이토가 숨을 삼켰다.

"어라? 선배, 겁먹었어?"

무시하는 듯한 시선으로 마호가 사이토를 바라보았다.

"설마. 너야말로 도중에 앓는 소리 하지 마."

"이 정도는 껌이지~. 잘 먹겠습니다~!"

두 손으로 버거를 움켜쥔 마호. 입가가 더러워지는 것도 신경 쓰지 않고 기운차게 덥석 문다. 감동한 얼굴로 어깨를 들썩이며 파닥파닥 다리를 움직인다.

"음~~! 맛있어~~!"

"그럼 어디 나도……."

사이토는 거대한 햄버거를 베어 물었다.

피자에서 나온 치즈와 토마토소스가 넘쳐흐르며 향기로운 미각이 혀를 즐겁게 했다. 파삭하게 완성된 튀김옷과 씹는 맛이 있는 돼지 등심. 비프스테이크에서는 갈릭 풍미의 육즙이 배어 나오며 하이브리드한 맛이 뇌수를 관통했다.

혼돈 속에 질서가 있는 카오스 콤비네이션.

나는 지금 육식 짐승이 되어있다──. 그런 원시의 열락을 느끼게 하는 정크 푸드의 제왕이었다. 탐할수록 무한한 투지와 굶주림이 솟아났다.

"이건…… 못 참지."

"완전 맛있다~! 10개 정도는 먹을 수 있을 것 같아!"

"아무리 그래도 그렇게 먹으면 살찌지 않을까?"

"난 아무리 먹어도 살이 안 찌는 체질이거든. 다이어트가 도시 전설처럼 느껴진다고나 할까?"

마호가 의기양양한 얼굴로 어깨를 으쓱였다. 그녀의 말대로 목도 팔도 무서울 정도로 가늘다. 조금의 지방도 느껴지지 않았다. 하지만 여자다운 부드러운 선이나 굴곡은 제대로 갖추고 있다.

"전 세계 여자들에게 살해당하겠네."

"그때는 선배가 지켜줄 거지?"

"나는 멀리서 지켜볼게."

"그런 걸 방조죄라고 하지?"

"너라면 강하게 살아갈 수 있어."

"난 연약한 여자애야~."

마호가 빨대를 물더니 설탕이 듬뿍 들어간 콜라를 단숨에 쭈욱 들이켰다. 그러고는 다시 기세 좋게 버거를 덥석덥석 먹어치웠다.

다른 차원으로 식량을 빨아들이는 것 같은 시세이의 식사는 두렵기만 했는데, 이 소녀의 식사는 복스러워서 보기만 해도 기분이 좋았다.

"하아~, 역시 정크 푸드 최고!"

"건강한 것도 좋지만 맛에 특화된 음식도 좋지."

"컵라면 같은 것도 좋아하는데 집에서 먹으면 혼나. 좀 더 몸에 좋은 걸 먹어야 한다면서."

"나도 집안에 시끄러운 녀석이 있는데……. 컵라면을 쌓아두기만 하면 바로 뗙뗙거리면서 소리치거든."

마호가 입술을 삐죽였다.

"컵라면 정도는 괜찮잖아. 면은 과자 같고, 혀가 저릴 정도로 진한 맛이 화학조미료~ 라는 느낌이라서 식욕을 자극한단 말이지~."

"이해해. 화학조미료는 인류 예지의 결정체지."

사이토가 고개를 끄덕였다. 의외로 이 소녀와는 마음이 잘 맞을지도 모르겠다.

마호는 뺨을 붉히며 손으로 감쌌다.

"물론 언니가 날 생각해서 하는 말이라는 건 알고 있지만 말이야."

"너 언니가 있구나."

"의외야?"

"아니, 잘 어울려서. 전체적으로 여동생 같아."

"귀여운 부분이라든가?!"

눈을 반짝이는 마호.

"바로 기어오르는 점이라든가."

"하지만 선배도 귀엽다고 생각하지? 그치?"

마호는 테이블 위로 몸을 내밀고 거침없이 다가왔다.

"그런 뻔뻔함도 여동생다워."

"시짱도 뻔뻔해?"

"내 여동생은 세상에서 제일 뻔뻔해. 하지만 세상에서 제일 예쁘니까 괜찮아."

사이토는 확신을 갖고 단언했다.

"시스콤이네~! 하지만 말이지, 세상에서 제일 귀여운 건 우리 언니야!"

마호가 대항심을 드러냈다.

"너도 시스콤이네."

"우리 언니는 완벽하니까! 굉장히 상냥하고 배려심의 프로인데다가 항상 어른의 여유로 나를 감싸준다고!"

아카네와는 정반대구나, 하고 사이토는 부러워했다.

"어지간히 상냥한 녀석인가 보네. 나도 한번 만나보고 싶다."

"언니는 안 줄 거야!"

"갖고 싶지 않아. 네가 하도 칭찬하니까 어떤 녀석인지 궁금했을 뿐이야."

"선배도 만난 적은 있을 텐데~."

"같은 고등학교야?"

마호의 언니라면 상당한 미소녀일 것이다. 그런 여학생이 우리 고등학교에 있었나 하고 사이토는 고개를 갸우뚱했다. 짐작 가는 것은 히마리 정도인데, 그녀에게 여동생이 있다는 말은 들은 적이 없다.

"음~, 뭐, 같은 학교이긴 한데……. 그보다! 나랑 데이트하는데 다른 여자 이야기를 하다니 최악이야, 선배!"

마호가 테이블을 붙잡고 사이토를 노려보았다.

"갑자기 화내지 마. 언니 이야기를 시작한 건 너잖아."

"에엥, 그랬나? 전혀 기억 안 나는데~."

"닭이냐?!"

"선배, 손가락에 소스 묻었어. 내가 깨끗하게 해줄게♪."

마호가 불쑥 사이토의 손끝을 물었다.

"……?!"

느닷없는 상황에 몸이 뻣뻣하게 굳는 사이토.

마호는 사이토의 손가락에 혀를 감고 쪽쪽 빨아들였다. 미끈한 혀의 감촉과 사랑스러운 입술의 감촉이 달콤한 덫처럼 손가락을 사로잡았다.

단 몇 초, 사이토의 반응이 늦은 틈을 노려 마호가 스마트폰을 들고 V자를 만들었다.

연속 셔터음에 뒤늦게 정신을 차린 사이토가 손을 뺐다.

"뭐 하는 거야?!"

"뭐하냐니, 청소했지~. 내가 핥아서 깨끗하게 해주는 상대는 선배뿐이니까 말이야? 고마워해♪."

직전까지 사이토의 손가락을 빨던 입술을 마호가 날름 핥았다. 혀끝의 요염한 움직임에 사이토는 소름이 돋는 느낌이었다.

"아무도 안 부탁했어! 사진은 왜 찍는데?!"

"나와 선배의 알콩달콩한 추억을 남기기 위해서지."

"알콩달콩 안 하거든! 지금 당장 지워!"

"꺄아~♪. 선배가 덮치려고 한다~♪."

사이토가 스마트폰을 뺏으려 하자 마호는 웃으며 달아났다. 패스트푸드 가게에서 상가 거리로 뛰쳐나가더니 순식간에 모습을 감췄다.

"젠장…… 어디로 간 거야?!"

사이토는 헐레벌떡 가게를 나와 주위를 둘러보았다.

만일 저 사진이 유출되어 아카네나 텐류의 손에 넘어간

다면 큰 문제였다. 마호의 동기도 사고 패턴도 읽을 수 없었기에 무엇을 해야 할지 도무지 알 수 없었다.

어쩌면 호조 그룹의 차기 당주 자리를 노리는 친족이 사이토의 결혼을 파탄 내려고 마호를 보낸 것일지도 모른다.

사이토는 초조함에 사로잡힌 채 달렸다.

하지만 마호는 금세 발견되었다. 샛길에 들어서자 땅에 주저앉아 헉헉 숨을 몰아쉬고 있었다.

"여기 있었냐……."

또 도망가지 않을까 경계하면서 사이토는 마호에게 다가갔다.

"여자를 궁지에 몰고 숨을 헐떡거리다니, 변태……."

"네가 멋대로 달린 거잖아! 사진은 지워줘야겠어."

"으으, 어쩔 수 없지."

마호는 사이토가 보는 와중에 스마트폰을 조작하여 사진 데이터를 삭제했다.

"백업은 안 했겠지?"

만약을 위해 사이토가 확인했다.

"그런 거 할 틈도 없었어~."

"그럼 됐어. 이어서 상가 안내해줄게."

"어? 나한테 화난 거 아냐?"

마호가 눈을 동그랗게 뜬다.

"딱히 화 안 났어. 그 사진이 남아 있으면 곤란할 뿐이야."

어린 소녀의 행동에 일일이 화를 냈다가는 우주에서 온 공주 같은 시세이의 오빠 역을 감당할 수 없으리라.

"흐음……. 아카네 선배하고는 늘 싸움만 한다고 다들 그러던데, 의외로 관대하네……."

"난 아카네 외에 다른 녀석들과는 거의 안 싸워."

조용히 살고 싶은 사이토에게 있어 굳이 타인에게 먼저 싸움을 걸어야 할 메리트는 존재하지 않았다.

"아카네 선배와는 상당히 궁합이 안 맞는다고 했었나?"

"아아……. 그 녀석은 내 천적이니까……."

고교 입학부터 끊이질 않았던 다툼의 현장들이 사이토의 뇌리를 스쳐 갔다.

"그런데 함께 살아야 한다니 힘들겠네……. 헤어지고 싶어?"

마호가 사이토의 눈을 똑바로 바라보며 물었다.

"헤어질 수는 없어. 여러 사정이 있거든."

사이토가 어깨를 으쓱했다.

오락실이나 액세서리 가게, 노래방, 카페 등, 마호의 교우관계에 필요할 법한 가게를 대강 안내하고 나자 해가 기울고 있었다.

상점가의 큰길을 걸으며 마호가 기지개를 켰다.

"음~, 즐거웠어~! 역시 일본도 좋네~!"

"너 일본사람 아니야?"

사이토는 마호의 옆얼굴을 바라보았다. 쉽게 보기 힘든 수준 높은 외양이긴 하지만, 시세이처럼 서구의 피가 섞여 있는 느낌은 아니다.

마호는 사이토의 물음에는 대답하지 않은 채 웃었다.

"선배, 에스코트 엄청 잘하네! 대만족이야!"

"그렇다면 다행이네."

솔직하게 기뻐하는 모습을 보니 사이토로서도 귀중한 자유 시간을 바친 보람이 있었다. 조금 우울하긴 하지만 기운이 넘치는 마호와 산책하는 게 싫지는 않았다.

마호가 사이토에게 어깨를 부딪쳐오며 곁눈질했다.

"혹시 선배, 사실 데이트에 익숙해? 플레이보이야?"

"여자애가 그런 말 쓰는 거 아니야."

"아, 역시 그렇구나♪. 아카네 선배뿐만 아니라 여러 여자와 닥치는 대로 놀고 있는 거지~?"

사이토는 귓가가 뜨거워지는 것을 느꼈다.

"단순히 여동생과 놀아주는 것뿐이야."

"그래, 그래. 그런 걸로 해둘게."

이해한다는 얼굴로 고개를 끄덕이는 마호.

연애사에 거의 관심이 없는 사이토로서는 원치 않은 의혹이었다. 사랑이니 연애니 하는 정체불명의 감정에 농락당하느니 마음 편히 책이나 읽는 편이 효율적이라고 생각한다. 만약 연애지상주의자였다면 강제 결혼에도 단호히 저항했으리라.

상점가 입구에서 사이토가 멈춰 섰다.

"그럼 난 여기서 이만. 집으로 가는 길은 알고 있지?"

"어? 아직 안 갈 건데? 난 선배네 들렀다 갈 건데?"

마호가 의아한 얼굴을 지었다. 당연하다는 말투였다.

"뭐……? 안내는 이미 끝났잖아."

마호가 어깨를 비틀며 꼼지락거렸다.

"하지만 막차도 놓쳤고…….'"

"아직 초저녁이거든?!"

"여기 막차는 오후 3시야!"

"여기가 촌 동네냐!"

"데이트의 마지막은 남친 집에서 야한 짓 하는 게 상식이잖아."

"그딴 상식은 없어."

적어도 사이토가 아는 세계의 상식은 아니었다.

사이토는 떠나려 했지만, 팔을 잡아챈 마호가 다리를 버티고 서서 늘어졌다.

"뺑소니했다고 소리친다?!"

"하지도 않았는데?!"

"데이트 뺑소니야! 선배 바보! 한심해! 임포텐츠!"

"잠깐……."

주변 행인들의 이목이 쏠리자 사이토는 당황했다.

어여쁘게 생긴 소녀를 뿌리치고 달아나려는 남자를 향한 사람들의 시선은 곱지 않았다. 사진이라도 찍으려는 것인지 스마트폰을 들고 있는 사람도 있다. 파출소 앞 경찰들도 유심히 사이토 쪽을 보고 있었다.

사이토는 마호에게 얼굴을 가져가 목소리를 낮춰 물었다.

"너, 뭐가 목적이야……?"

"선배의 아이……."

마호가 속삭였다.

"미안하지만 난 아이가 없어……."

"이제부터 둘이 만들 거야."

식은땀이 났다.

남자라면 누구나 한 번쯤 시선을 뺏길 만한 미소녀라고는 해도 오늘 막 만난 상대다. 사이토는 두려움을 느꼈다. 일단 마호의 속내를 알 수 없다는 것이 가장 큰 위협이었다.

마호가 사이토의 귓가에 입술을 가져가며 달콤하게 속삭였다.

"선배, 괜찮아……? 아카네 선배와 함께 살고 있다는 걸, 내가 학교에서 모두에게 말해버려도……?"

"협박이냐……."

"싫다아, 협박이 아니라 거래라고 해줘~."

키득키득, 마호가 마녀처럼 웃었다.

"사랑하는 남친 집에 가보고 싶다는 여친의 작은 소원, 상냥한 선배라면 들어줄 수 있겠지⋯⋯?"

얼핏 보기에는 사랑스러운 애교였지만, 그러지 않으면 죽이겠다는 오라가 온몸에서 피어오르고 있어서 귀염성은 전혀 느껴지지 않았다.

이 녀석은 천재다.

"큭⋯⋯. 맘대로 해."

"와~♪. 선배, 완전 좋아~♪."

마호는 흘러넘치는 듯한 미소를 지으며 사이토에게 팔을 감아왔다. 그것이 애정 표현이 아니라 구속이라는 것은 깃든 힘에서 완연히 알 수 있었다.

이 상태의 마호와 아카네가 만난다면 최악이다. 결벽적인 성질의 아카네가 분개하며 이혼 소동이 벌어질지도 모른다. 이렇게 된 이상 집에 가지 않고 돌아다니면서 피곤하게 만드는 수밖에 없다.

생각을 마친 사이토는 자택과는 정반대의 방향으로 걸어가려 했다.

마호가 멈춰 섰다.

"선배? 무슨 일 있어? 선배네 집은 이쪽이 아니잖아?"

"내 집을 알고 있어⋯⋯?"

사이토는 한기를 느꼈다.

마호가 환한 얼굴로 답한다.

"당연하지. 좋아하는 사람의 집 정도는 보통 미리 조사해두잖아?"

"그건 스토커 기준의 보통이네……."

"선배 연락처도 알아."

"누가 알려줬어?"

"선배의 주민 번호도 알고 있지."

"개인정보!"

사이토는 시세이에게 아카네를 데리고 나가달라고 전하기 위해 스마트폰이 든 주머니로 손을 뻗었다.

하지만 그 손을 마호가 꽉 쥐어온다.

"선배? 나랑 데이트하는 동안 다른 여자한테 연락하는 건 아니겠지?"

"어떻게 알았지……?"

사이토의 등줄기를 타고 식은땀이 흘렀다.

역시 바보처럼 보이는 것은 겉모습뿐이다. 이 소녀는 책사다.

"선배에 대해선 전부 다 알아~♪. 사랑하고 있으니까!"

"이게 사랑이라면 나는 그 사랑을 전력을 다해 거절하겠어!"

"또 그런다~, 선배도 참 수줍음이 많다니까~♪."

마호는 사이토의 오른손과 왼팔을 구속한 채 찰싹 달라

붙으며 밀착도를 더욱 높였다.

이런 수준의 미소녀가 다가오는 것은 남자라면 꿈꿀 법한 상황이었지만, 사이토의 심장을 울리는 것은 사랑의 종이 아닌 생명을 향한 경종이었다.

그러는 사이 자택에 도착했고, 마호는 멋대로 인터폰을 눌렀다.

안에서 발소리가 다가오고 아카네가 현관문을 열었다.

"늦었잖아. 뭐 하다가……."

아카네는 말을 꺼내다가, 사이토와 마호의 모습을 포착하고는 눈이 휘둥그레졌다.

마호는 사이토의 팔을 감고 기대듯이 서 있었다. 비록 형식적인 결혼이지만 배우자가 있는 곳으로 돌아가기엔 최악의 상황이었다.

"이, 이게 어떻게 된……?"

아카네가 어깨를 들썩였다.

이 상황을 어떻게 해야 하나, 사이토는 빠르게 머리를 회전시켰다.

집안 사정이 알려져서 협박당했다고 솔직히 털어놔야 하나. 그것만으로 이 상황을 이해해줄까. 애초에 격분한 아카네가 해명을 제대로 들어주긴 할까.

"아카네, 진정하고 들어봐. 이건 말이지."

사이토가 설명하려는데, 아카네가 소리쳤다.

"왜 사이토가 내 여동생이랑 같이 있는 거야?!"

"……뭐?"

입을 반쯤 벌리는 사이토.

"여동생이라니…… 누구의?"

"내 여동생이라고! 그 애는 사쿠라모리 마호! 본인에게 못 들었어?!"

"사쿠라모리……?"

사이토는 마호를 쳐다보았다. 그러고 보니 얼굴 생김새나 분위기가 어딘지 모르게 아카네와 비슷했다. 하지만, 설마.

"아아~, 들켜버렸네."

사쿠라모리 마호는 장난스럽게 혀를 쏙 내밀었다.

그래서말이지

좀 있으면 마호가 일본으로 돌아와!

기대되긴 하지만 내가 아카네랑 같이 있을 시간이 줄어들겠네~

난 히마리가 정말 좋은걸!

그렇지 않아!

우후후

사귀는 거네….

사귀는 건가…?

나도 정말 좋아♥

"언니~!"

"꺄악?!"

마호가 스프링처럼 튀어 나가며 아카네에게 달려들었다.

그 여파에 아카네가 엉덩방아를 찧고, 마호는 더욱더 달라붙었다.

"다녀왔어, 다녀왔어, 다녀왔어~! 완전완전완전 오랜만이야! 보고 싶었어! 꼭 끌어안고 싶었어!"

"마, 마호…… 좀 살살……."

있는 힘껏 끌어안긴 아카네의 얼굴이 핏기를 잃어갔다. 손바닥은 이미 현관 바닥을 탭하며 항복을 선언하고 있다.

마호는 아카네의 가슴에 얼굴을 묻고 황홀하다는 듯 심호흡했다.

"스읍…… 하아……. 언니 냄새…… 너무 좋아……."

"하여간…… 마호도 참. 응석만 늘었다니까."

"언니한테만이야……. 쓰담쓰담해줘……."

"어쩔 수 없지. 착하다 착해."

아카네가 마호의 머리를 부드럽게 어루만져 주었다.

──이건, 뭐지……?

현관 밖에서 꿔다놓은 보릿자루가 된 사이토는 당황하기 바빴다.

이런 성모 같은 아카네의 얼굴은 본 적이 없다. 정말 아카네가 맞는지 의심스러울 정도다.

마호도 조금 전까지의 건방진 태도는 거짓말이었다는 듯 그저 아카네에게 부비적대는 생명체가 되어 있었다. 그 스킨십은 사이좋은 자매의 영역을 약간 넘어선 것 같은 느낌도 들었다.

마호는 아카네의 가슴에 뺨을 대고 비비는 것만으로는 성에 차지 않는지 옷 위로 주무르기 시작했다.

"언니 가슴 말랑말랑~. 또 커졌어~."

"아, 안 커졌어……."

사이토가 만졌을 땐 손가락 하나로도 격분했던 아카네가 마호의 성희롱에는 저항도 하지 못한 채 꾹 참고 있다. 사이토는 세계의 불평등을 다시금 절감했다.

"커졌어~. 언니의 가슴 크기는 내 몸이 기억하고 있는걸."

"그, 그만해……. 사이토가 보고 있잖아……."

"안 보이면 괜찮아~? 얍얍~♪."

더욱 신이 난 마호가 변태처럼 아카네의 가슴을 찔렀다.

"햐악?!"

아카네가 어깨를 떨었다.

"아잉, 언니 귀여워~! 역시 못 참겠어! 직접 만질래!"

마호는 아카네 위에 올라타더니 블라우스 단추를 잡아 뜯으려 했다.

"적당히 좀 해!"

화를 참지 못한 아카네가 마호를 밀쳐냈다.

현관에 쓰러지는 마호. 가냘프게 일어나면서 울먹이는 얼굴로 아카네를 바라본다.

"으……. 아파, 언니……."

"앗, 미, 미안! 어디 안 다쳤어?"

아카네가 허둥지둥 다가갔다.

"아니지롱! 거짓말이었어요~! 살살 밀쳐서 전혀 안 아파~!"

마호는 다시 아카네를 껴안았다.

"마호, 너……."

아카네는 주먹을 부르르 떨면서도 마호를 뿌리치려고 하진 않았다. 확실하게 사이토가 아는 아카네와는 달리 지나치게 온건하다.

자매의 재회에 압도당한 사이토는 뒤늦게 궁금한 것을 물었다.

"아카네에겐 여동생이 둘이야?"

"뭐? 내 여동생은 한 명인데?"

"맞아! 언니의 여동생은 나 말고는 필요 없어!"

이상하다는 표정을 짓는 아카네에게 매달리는 마호.

"아니, 아카네의 여동생은 이미…… 죽은 거 아니야?"

눈앞에 있는 소녀는 대체 무엇일까. 귀신이라기엔 너무나도 모습이 또렷하게 보였다.

"난 죽었다는 말은 한마디도 안 했는데."

"아주 먼 곳에 있어서 만날 수 없다고 슬픈 얼굴로 말했잖아."

"해외여행을 하고 있었으니까!"

"해외…… 여행……?"

"맞아! 귀여운 내가 졸랐더니 할머니가 용돈을 잔뜩 주셨거든! 그래서 중3 때부터 여행을 다니느라 일본에 돌아오는 건 오랜만이야!"

마호가 씩씩하게 V자를 내밀었다.

"뭐야……."

사이토는 허탈했다.

아카네가 죽은 여동생을 그리워하며 우울해한다고 생각해서 둘만의 외출을 계획하거나, 그 후 답지도 않게 반지를 선물하거나, 아카네가 반지를 잃어버려서 필사적으로 찾으러 다니는 등, 여러모로 수난의 시간을 겪은 것이다.

그런데 그 모든 계기가 된 사건이 사이토의 착각이었다니. 덕분에 아카네와의 관계가 개선되었으니 결과적으로는 좋았을지도 모르지만.

"근데 이미지랑 전혀 다르네. 아카네의 말만 들었을 땐 차분하고 솔직하고 가련한 병약 소녀인 줄 알았는데……."

사이토는 마호의 머리끝에서부터 발끝까지 물끄러미 바라보았다.

"왜애~? 나 얌전하고 솔직하고 귀엽고 가련하잖아? 잘 봐봐~."

양 볼에 검지를 대고 도발적으로 웃는 마호. 귀여운 건 확실했지만 얄미움 쪽이 더 강했다.

"알겠어? 얌전한 녀석은 난간을 미끄럼틀 대신으로 삼거나 언니를 굳히기 기술로 질식사시키는 짓은 안 해."

"언니에게 굳히기 기술 같은 건 안 써~. 아까 건 그냥 성희롱이야!"

"마호?!"

경악하는 아카네.

"당당히 인정하는구나……."

마호는 팔짱을 끼고 자랑스럽게 말했다.

"당연하지! 언니를 성희롱하는 건 여동생의 기본 인권이니까!"

"그 인권은 어느 나라 헌법에 실려 있지?"

"마호국 헌법이야!"

"아아……. 너의 너에 의한 너를 위한 나라로군……."

세계의 자유이용권을 갖고 있다고 호언하는 시세이와 막상막하다. 역시 여동생이라는 존재는 사고 패턴이 비슷한 것인지도 모른다. 시세이나 마호처럼 용모가 뛰어난 소녀들의 경우는 특히나.

"저기 있지, 마호. 성희롱은 하면 안 되는 거야."

의무 교육보다도 더 당연한 것을 아카네가 가르쳤다.

마호는 순진하게 눈을 깜빡이며 고개를 갸우뚱했다.

"왜?"

"왜, 왜냐니, 상대가 싫어하니까……?"

"내가 만지는 거, 언니는 싫어……?"

"싫은 건 아니지만……."

"미안, 언니……. 언니한테 미움받고 싶지 않으니까 더는 안 만질게……. 언니가 너무 좋아서 붙어 있고 싶을 뿐이었는데, 참아, 볼게……."

손을 입가로 가져가며 눈물을 글썽인다.

그런 여동생의 반응에 아카네가 당황했다.

"자, 잠깐, 울지마! 괜찮으니까! 참지 않아도 되니까!"

"정말……? 나 언니 만져도 돼……?"

"당연히 되지!"

"가슴도 만져도 돼……?"

망설이는 아카네.

"그, 그게…… 조금 정도라면……."

"주물러도 괜찮아……?"

"그건 좀……."

"언니이……."

마호가 아카네의 팔에 매달린 채 몸을 작게 떨었다. 그 애처로운 모습, 파괴력 높은 여동생 모드에 아카네의 언니

미터기가 폭발하는 모습을 사이토는 목격했다.

"아, 정말! 그래! 원하는 만큼 만져!"

"신난다~!"

"꺄아아아아악?!"

허가가 떨어지자마자 마호는 눈물을 순식간에 말리고는 아카네를 덮쳤다. 시판 마사지기와는 비교도 되지 않는 속도와 정밀도로 아카네의 가슴을 마구 주물럭거린다.

10분 뒤, 복도 바닥에는 새하얗게 타버린 아카네가 뒹굴고 있었다.

"……괜찮아?"

몸을 숙여 가까이 다가간 사이토가 그녀를 걱정했다.

"괜 · 찮 · 아."

아카네의 눈은 초점이 맞지 않았고 누가 봐도 괜찮은 상태가 아니었다.

마호는 개운해진 얼굴로 기분 좋게 기지개를 켰다.

"하아~, 충전 완료! 오랜만에 언니 에너지를 보충했다! 한참이나 못 만나서 바싹 말라 있었는데~!"

"넌 인간의 정기를 빨아먹는 악마냐?"

"엥? 내가 악마 수준으로 너무 귀엽다고?! 알고 있어!"

"넌 아무것도 몰라."

말조차 통하지 않았다. 아마도 마호국 언어로 자신이 듣고 싶은 말로 변환되었으리라.

"알고 있어~. 내가 언니 가슴만 만져서 질투한 거지? 안심해, 오빠 가슴도 만져줄 테니까!"

음흉하게 손가락을 꿈틀거리며 다가오는 마호에게서 사이토는 거리를 두었다. 아카네처럼 바싹 마르는 말로는 피하고 싶었다.

"필요 없어. 그보다 갑자기 오빠라니 뭐야."

"언니의 남편이니까 오빠*라고 불러도 되잖아?"

"뭐, 그렇긴 한데……."

지금까지 선배라고 부른 것은 정체를 숨기기 위한 위장이었겠지. 왜 정체를 숨겼는지는 알 수 없지만, 어차피 사이토와 아카네를 놀래고 싶었다든가 하는 장난스러운 이유일 것이 뻔했다.

"게다가 오빠는 미소녀에게 오빠라고 불리면 기뻐하는 타입이지? 침 흘리면서 기뻐하지?"

"사, 사이토……?"

"나는 그런 걸로 기뻐하지 않아!"

아카네로부터 공포 서린 시선을 받은 사이토는 단호하게 부정했다. 이런 기호에 대한 오해는 있어서는 안 된다. 후일 관계에 균열이 생길 수 있다.

마호가 기운차게 주먹을 들어 올렸다.

"그럼 언니와 오빠의 생활 조사를 시작할게!"

---

*일본의 가족 호칭에서는 '형부'를 '오빠'라는 호칭으로 부르기도 한다.

"조사……? 할머니한테 부탁받았어?"

아카네가 겁에 질린 채 물었다.

사이토도 자세를 고쳤다. 만약 이것이 사찰이고, 텐류나 치요에게 정보가 흘러나간다면 조금의 빈틈도 내보일 순 없었다.

"딱히 부탁받은 적 없어. 동생으로서 언니의 부부 생활을 알아두는 건 당연하잖아?"

"부, 부부 생활이라니……."

머뭇거리는 아카네.

"우선은~ 언니의 침실을 확인해볼까! 혹시 오빠의 잠옷 같은 게 떨어져 있다면 어젯밤엔 오빠랑 같이 잤다는 뜻일 테니까! 난 천잰가 봐!"

마호가 2층 계단을 뛰어서 올라갔다.

"자, 잠깐 기다려!"

"안 기다리지롱~♪. 불시 점검이니까!"

아카네가 막으려 했지만, 마호는 멈추지 않았다. 마구잡이로 문을 열어보더니 침실을 발견하고 그대로 돌진했다.

"발견! ……잠깐, 이게 뭐야?! 베개도 사이드 테이블도 두 개 있는데?! 침대 사이즈도 별로 안 커?!"

마호가 눈을 동그랗게 떴다.

"그, 그야 저기…… 2인용이니까……."

아카네가 부끄러운 듯 몸을 비틀었다.

"2인용?! 설마 매일 밤 둘이 함께 자는 건 아니겠지?!"

"매일 밤 맞아……."

"어디까지 했어?!"

"아무것도 안 했어!"

마호가 아카네의 어깨를 잡고 흔들었다.

"거짓말! 하고 있잖아! 매일 밤, 같이 자면서 아무 일도 없다니 말도 안 돼! 으앙, 언니의 처녀가! 죽일 거야! 오빠 죽일 거야!"

돌격해 오는 마호.

사이토가 피하자 마호는 그대로 벽이 격돌하며 거하게 콧대를 부딪쳤다. 눈물을 그렁그렁 매달고 맹수처럼 으르렁대며 사이토를 매섭게 쏘아본다.

"지금 오빠는 세계의 모든 마호를 적으로 돌렸어……."

"넌 대체 몇 명이나 있는 건데."

"70억 명이야! 한 명 한 명이 둘도 없는 마호야!"

"미안. 무슨 소리 하는지 전혀 모르겠어."

사이토는 진심으로 혼란스러웠다.

"……그래서? 맛있었어?"

"……뭐?"

마호의 어깨에 힘이 들어갔다.

"언니의 처음은 맛있었어? 라고 물었잖아!"

"묻지 마!"

"물을 거야! 적어도 맛은 알고 싶다고!"

"그러니까 안 했다고 말했잖아!"

아카네가 얼굴을 붉힌 채 소리쳤다.

"정말로 정말?"

"정말이야! 나랑 사이토는 억지로 결혼했을 뿐이야! 할머니 명령으로 같은 침대를 써야 하지만 그런 짓을 할 리가 없잖아!"

마호가 지척에서 아카네의 눈을 들여다보며 심문했다.

"키스 같은 것도 안 했어?"

"당연하지! 그런 기분 나쁜 짓 못 해!"

"손을 잡는 건?"

"아, 안 했어……."

시선을 피하는 아카네.

둘이 함께 외출했을 때 쥐었던 아카네의 손바닥 감촉이 사이토의 안에서 되살아났다. 아카네도 그 일을 떠올린 것인지 안절부절못하는 기색으로 손을 꼭 쥔다.

"그렇구나. 오빠는 이렇게나 귀여운 여자애와 매일 밤, 같이 자도 손을 못 대는 천연기념물급 겁쟁이구나."

"미안하게 됐네……."

반짝이는 듯한 마호의 미소가 아프게 와 닿았다.

"역시, 안 서는 건가요……?"

쓸데없는 배려가 담긴 공손한 말투였다.

"아니야!"

"미안해, 오빠……. 그런 줄도 모르고……. 상처가 되는 말을 해버렸네…… 푸흡."

"오히려 지금 그 말로 상처받았거든!"

상냥함을 보여주고 싶다면 마지막까지 웃는 건 참았으면 한다.

"하지만 안심할 수 없으니까, 오늘 밤은 여기서 지내면서 두 사람의 밤의 행위를 조사할 거야!"

"밤의 행위 같은 건 없어!"

"지금까지는 없었을지도 모르지만, 앞으로도 없을지는 모르는 일이잖아? 잠이 덜 깼을 때 실수로~ 라든가, 분위기가 무르익어서 그대로~ 라든가."

"사이토랑 분위기가 무르익을 일이 생길 리가 없잖아."

마호는 입가에 손을 가져간 채 의심스러운 시선으로 아카네를 곁눈질했다.

"에이, 정말~? 언니도 오빠도 겉모습은 좋잖아~. 서로의 야한 모습 정도는 망상해봤지?"

"없어." "없는데."

아카네와 사이토는 곧바로 시선을 외면했다.

──어떻게 알았지……?!

사이토는 식은땀이 솟는 것을 느꼈다.

이래 보여도 건장한 남자다. 숙적이라지만 아카네처럼

아름다운 소녀와 살다 보면 그런 쪽으로 사고가 흐르는 것도 어쩔 수 없다. 아카네와의 야한 꿈을 꿨을 땐 양심에 찔려서 온종일 제대로 얼굴조차 보지 못했다.

"그러니까 이상한 일이 벌어지지 않도록 내가 감시하는 편이 안전하겠지?"

"네가 한 지붕 아래에 있는 편이 더 안심이 안 되는데!"

"어, 어? 그거 설마 오빠가 날 덮칠지도 모른다는 뜻?! 꺄악~, 오빠 짐승~♪."

격노하는 아카네.

"사이토?! 내 여동생에게 손을 댄다면 마취 없이 손발을 떼어내는 수술을 해버리겠어!"

"그건 수술이 아니라 고문이지!"

이 소녀에게 의료 기술을 익히게 하면 큰일이 나지 않을까⋯⋯. 사이토는 그런 걱정을 하면서 후퇴했다. 여차하면 전속력으로 이 집에서 철수해야 했다.

"언니, 부탁이야⋯⋯. 나 오랜만에 언니가 해준 밥 먹고 싶어⋯⋯. 언니랑 같이 목욕하고 씻고 싶은데⋯⋯."

마호가 촉촉이 젖은 눈동자로 연신 눈을 깜빡이며 아카네를 졸라댔다.

아카네는 참지 못하고 마호를 끌어안는다.

"그야 당연히 괜찮지! 얼마든지 자고 가! 여긴 마호의 집이니까!"

"와, 언니 상냥해~."

마호는 아카네를 껴안은 채 그녀 몰래 사이토를 향해 혀를 내밀어 보였다. 여봐란듯이 짓고 있는 득의양양한 표정이 열받는다.

"저 자식이……."

사이토는 뺨을 경련하면서도 아카네의 그늘에 가려진 마호를 빼내지 못했다. 드래곤을 방패 삼다니 비겁했다.

"그런고로! 여긴 나와 언니의 집이 됐으니까 오빠는 나가줘야겠어!"

"아니, 내 집이기도 하거든?!"

순식간에 자택을 빼앗길 위험에 처한 사이토는 곧바로 권리를 주장했다. 역시 방심할 틈 따윈 조금도 없었다.

"그랬어? 나랑 언니는 태어날 때부터 이 집에 살고 있었는데?"

"듣고 보니 분명 그러네……. 당신, 누구야……?"

마호와 아카네가 마치 괴한이라도 보는 듯한 시선을 사이토에게 향했다. 자매 둘이서 몸을 맞댄 채 다가오는 위협에 몸을 움츠리고 있다.

"갑자기 모르는 척하는 건 그만해줄래?"

사이토는 괴로운 심정이었다. 홈이었던 장소가 어웨이로 바뀌는 것은 어떻게 봐도 호러였다.

웃음을 터뜨린 마호가 동그랗게 만 손으로 사이토의 가

숨을 탁탁 두드렸다.

"농담이야, 오빠. 깜짝 놀랐어?"

"놀란 걸 넘어서서 철렁했다."

"난 농담할 생각은 없었는데……."

은근슬쩍 아카네가 무서운 소리를 하고 있다.

──집안 곳곳에 내 이름을 써놔야 할지도 모르겠군.

사이토는 기득권 확보를 위한 방법을 진지하게 검토했다. 본가에서는 반쯤 쫓겨난 신세였으니 이 집이 사라진다면 길거리를 전전해야 했다.

주방에 들어선 아카네는 앞치마를 두르고 머리를 묶더니 기합을 넣었다.

"그럼 죽을 잔뜩 만들어야겠네."

"저녁으로?!"

사이토가 생각하는 전형적인 저녁과는 크게 달랐다. 그밖에 고기라든가, 고기라든가, 고기라든가. 그런 것을 먹는 게 저녁이 아닐까.

"당연하지. 모처럼 마호가 돌아왔으니까."

상냥하게 미소 짓는 아카네.

마호가 그렇게나 좋아하는 음식인가. 사이토가 그녀를 바라보았다.

"죽은! 죽만큼은 싫어!"

마호는 새파랗게 질린 얼굴로 떨고 있었다.

"어머, 가리는 것 없이 먹어야지. 죽은 아주 몸에 좋은걸."

"가리는 것 없이 먹을 테니까 죽만은! 죽만으은!!"

목숨만은! 이라고 말하듯 처절하게 아카네에게 매달렸다.

"죽을 왜 그렇게 싫어하는 거야? 독이라도 넣은 적 있어?"

"안 넣어! 나를 뭐라고 생각하는 거야?!"

"암살부대……?"

"무례하긴! 달빛이 들지 않는 밤길을 조심해!"

암살부대다운 위협이었다.

"어렸을 때 아플 때마다 죽을 계속 먹어서 이제 지긋지긋
해……. 맛도 거의 없고, 밍밍해서 풀 같기도 하고……."

"알았어."

"언니……!"

아카네가 고개를 끄덕이자 마호의 얼굴에 희망이 깃들
었다.

"오늘은 특별히 매실장아찌도 올려줄게."

"그런 문제가 아니야!"

저 건방진 소녀가 반쯤 울고 있었다.

온종일 휘둘리기만 했던 사이토는 지금이야말로 역습의
기회라고 판단하고 아카네의 말에 동조했다.

"나도 죽이 먹고 싶네. 집에 오는 길에 햄버거를 먹었더니
우리 둘 다 속이 더부룩한 것 같아."

"마호?! 햄버거 같은 몸에 안 좋은 건 먹으면 안 된다고

했지?!"

"네 이놈……! 배신했겠다!"

마호가 울먹이며 사이토에게 달려들었다.

사이토는 가볍게 피하며 테이블 너머로 피신했다.

"에헤헤…… 언니 죽, 좋아해. 응, 좋아한다고 세뇌할 수밖에 없어……. 세뇌하면 편해질 수 있어……."

구석 바닥에 주저앉아 웅얼웅얼 중얼거리는 마호의 모습을 보고 있노라니 사이토는 낮의 시름이 싹 씻겨 내려가는 느낌이었다. 앞으로는 마호 대비책으로 죽을 상비해둬야 할 것 같았다.

"단백질도 섭취하는 편이 좋겠지. 달걀이 있었나……."

아카네가 냉장고 문을 열자 냉장고 안이 동그랗게 몸을 만 시세이에 의해 막혀 있었다.

아카네의 요란한 비명이 울려 퍼짐과 동시에 시세이가 냉장고에서 바닥으로 굴러떨어졌다.

"뭐, 뭐야?! 시세이 씨?! 어째서 이런 곳에?!"

"설마…… 아카네가……."

사이토는 첫 번째 발견자인 아카네에게 의혹의 시선을 던졌다.

"나는 안 했어! 알리바이도 있어!"

"알리바이라고 말하는 녀석이 제일 수상한 법이지."

"정말이야! 동기도 없는걸! 사이토를 죽일 동기라면 얼마든지 있지만!"

"음…………."

더 추궁하면 위험해질 것 같았기에 사이토는 아무것도 듣지 않았다고 생각하기로 했다.

바닥에 쓰러져 있는 시세이에게 다가가 그 뺨을 만져보았다.

"이미…… 차가워졌어."

"새 냉장고인데다 고성능이라……."

아카네는 쭈뼛거리며 시세이를 바라보았다. 원래도 인형 같은 모습의 시세이가 미동도 하지 않고 누워 있으니 정말 인형으로밖에 보이지 않았다.

숨이 붙어 있는지 확인하기 위해 사이토가 시세이의 입가에 뺨을 가져갔다.

시세이의 입에서 희미한 소리가 새어 나왔다.

"시세는 오빠에게 심장 마사지를 요구한다."

"괜찮아. 살아있어."

기운이 빠져 떠나려는 사이토의 손을 시세이가 붙잡았다.

"시세는 죽었어. 그러니까 빨리. 직접 마사지해도 돼."

"할 수 있겠냐! 부끄러움이라는 걸 좀 가져!"

"심장을 직접 마사지하는 게 왜 부끄러운지 불명."

"네 심장은 밖으로 튀어나와 있냐."

"맞아. 그러니까 더 다치기 쉬워. 337박자로 심장을 눌러줘."

꾸우욱…… 하고 사이토의 손을 자신의 가슴으로 가져가려는 시세이.

성희롱 행위를 강요당하지 않기 위해 저항하는 사이토.

동생의 가슴을 만진다고 해서 욕정할 만큼 절조가 없는 것은 아니었기에 평소라면 문제가 없었겠지만, 배우자와 그 친족이 있는 공간에서 이런 행위를 하는 것은 좋지 않았다. 괜한 오해를 살 가능성이 컸다.

"왜 냉장고 안에 있었어……?"

사이토는 당연한 의문을 재기했다.

"아카네가 만들어 둔 요리를 먹으려고 하다가 냉장고 밖으로 나갈 수 없게 됐어. 흔히 있는 사고."

"흔히 있겠냐. 네 몸은 대체 어떤 구조로 되어 있는 거야."

시세이가 고개를 갸웃했다.

"분해해 볼래?"

"안 해."

"벗겨 볼래?"

"안 벗겨."

팔에 감겨오며 부속물처럼 변하기 시작한 시세이를 떨쳐내려 했지만, 꼭 매달려 떨어지지 않았다. 이미 융합이 시작되었다.

"시! 짱! 이다!"

죽의 트라우마에서 부활한 마호가 돌진했다.

순식간에 냉장고 안으로 숨는 시세이.

누가 뭐래도 문을 열려는 마호.

"심장 마사지라면 내가 해줄게. 인공호흡도 해줄 테니까!"

"거절. 시세가 입술을 허락한 건 오빠뿐."

"사이토?! 너 설마……."

아카네가 마왕을 토벌하는 전설의 칼처럼 칠흑의 밥주걱을 고쳐 들었다.

"오해야!"

토벌당하고 싶지 않은 사이토가 호소했다.

하지만 아카네는 당연하게도 듣지 않았다. 질풍과도 같은 속도로 내려친 밥주걱이 사이토의 등 뒤 기둥에 참격을 새겼다.

"언니뿐만 아니라 시짱까지 먹었다니…… 용서 못 해."

분개하는 마호의 모습에 시세이가 거들었다.

"후후……. 시세는 오빠의 욕망 배출구."

"넌 대체 왜 일부러 상황을 악화시키는 거야?!"

"악화시키지 않았어. 모든 상황을 없던 일로 만들기 위해 시세는 여기서 메테오 스트라이크를 쏴서 거리째로 불태울 거야."

"나도 죽거든?!"

사이토에게 메테오 스트라이크를 막아낼 방어력은 없

었다.

시세이는 냉장고에서 뛰쳐나와 사이토의 등 뒤로 숨었다. 마호는 근처에 있는 긴 젓가락을 양손으로 집어 들더니 사이토를 향해 다가왔다.

"오빠, 시짱을 넘겨……. 내가 예뻐해 줄 테니까……!"

"예뻐해 준다는 녀석에게 불법적인 분위기밖에 안 느껴져서 못 넘기겠어!"

"오빠보다 나아! 지금부터 시짱은 내 애완동물 겸 인형 겸 애인이 될 거니까!"

"오빠로서 너한테만큼은 못 주겠다!"

사이토는 사력을 다해 시세이를 보호했다. 소중한 여동생을 맡긴다면 재색겸비에 완벽한 인격, 재산이 산더미인 인간이 아니고서야 인정할 생각은 없었다.

"왜…… 저 애가 오빠를 '오빠'라고 부르는 거야……?"

품 안에 꼭 껴안은 시세이에게서 싸늘한 목소리가 새어나왔다.

"나는 오빠의 여동생이니까."

"오빠의 여동생은…… 시세뿐…….."

"언니의 달링이니까, 나한테도 오빠잖아? 안 그래, 오빠?"

마호가 사이토의 팔에 매달렸다.

"거긴…… 시세의 장소…….."

"……시짱?"

"……시세?"

시세이의 몸에서 살얼음 같은 파동이 넘실거렸다. 평소에는 좀처럼 감정을 드러내지 않는 시세이가, 화가 났다. 아니, 분노했다.

시세이가 손짓으로 마호를 가리켰다.

"……승부."

"무슨 승부? 서로 간지럽혀서 누가 먼저 기절할까, 같은 거? 할래, 할래!"

"기절할 때까지 간지럽히지 마……."

사이토는 시세이의 몸을 염려해 제지를 가했다.

"누가 오빠의 진정한 여동생에 어울리는지, 여동생력 승부."

"그렇구나! 규칙은 정해두는 편이 좋겠지? 시야를 뺏는 건 괜찮아?"

"괜찮아."

시세이가 고개를 끄덕였다.

"잠깐. 데스매치라도 할 셈이야?"

"괜찮아. 시짱의 시야를 뺏는 게 아니니까. 하는 건 오빠한테."

"안심해도 좋아."

마호와 시세이가 듬직하게 단언했다.

"어디를 어떻게 안심해야 하는 건데!"

두 사람 모두 여동생력을 오빠를 죽이는 힘 정도로 여기는 것 같았다. 그런 것을 떠나, 사이토도 여동생력이 대체 무엇을 가리키는 말인지 알 수 없었다.

마호가 팔짱을 낀 채 고민했다.

"으음…… 곤란한데……. 시야를 뺏는 게 불가하다면 내가 할 수 있는 건 더는 없는데……."

"네가 시야 뺏기 선수냐."

"오빠의 시야를 뺏고 아파하는 오빠를 상냥하게 간호한다! 오빠의 호감도가 급상승해서 나를 진정한 여동생으로 인정한다! 라는 작전이었거든."

"그 작전은 처음부터 잘못됐으니까 실행하지 않아서 다행이네."

진심이 담긴 감상이었다. 병 주고 약 주고 하는 식으로 상냥하게 대해준다 한들 호감도가 오르긴커녕 인간을 향한 불신도가 폭발할 뿐이다.

"그럼 나부터 간다!"

"……윽?!"

마호가 튀어나오며 사이토와의 거리를 좁혀왔다. 시야를 차단하는 것은 규칙으로 금지했지만, 그 외의 물리 공격은 유효했다.

사이토는 손상을 최소화하기 위해 안면 앞에서 양팔을 엑스자로 만들어 보호했다. 아카네와 벌였던 전장의 날들 덕분에 가드 스킬은 충분히 단련되어 있었다.

하지만 예상한 충격은 찾아오지 않았다. 어느새 정면에서 마호의 모습이 사라졌다.

——뒤로 갔나?!

살기를 느낀 사이토가 뒤를 돌아보는 것보다도 빠르게, 뒤에서 마호가 사이토를 껴안았다. 목에 팔을 감은 채 몸을 기대오며 귓가에 달콤하게 속삭인다.

"있지, 오빠……. 마호를 오빠의 여동생으로 삼아주면, 정말 기분 좋은 거 해줄게……."

"미안하지만 난 시야를 차단당하는 걸로 기분 좋아지지 않는 파야."

사이토는 재차 못을 박았다.

"시야 차단 같은 게 아니야~. 어깨를 주물러주거나~, 귀를 파주거나~, 온몸을 마사지해주거나~. 이런 식으로…… 응?"

마호의 손이 사이토의 셔츠 틈으로 파고들었다. 소녀의 가느다란 손끝이 매끄럽게 사이토의 피부 위를 더듬었다.

"자, 잠깐, 마호?! 뭐 하는 거야?!"

화들짝 놀라는 아카네.

"오빠를 마사지해주고 있어~."

"떨어져! 위험하잖니! 손이 폭발할 거야!"

"폭발 안 해……."

사이토는 반론하면서도 아카네가 마호를 떼어내 준 것에 안도했다.

　마호는 사이토 앞에서 손을 꼭 모아 쥐고는 그를 올려다보며 어필했다.

　"어때, 오빠? 내 여동생력 엄청 높지? 몇 점?"

　"0점."

　"에엥?! 어째서?!"

　"여동생치고 너무 야해."

　"그 부분이 좋은 거 아냐? 남자들은 모두 야한 걸 해주는 여동생을 좋아한다는 거 알고 있어!"

　"그 인식이 너무 안이해. 0점."

　"역시 시야 차단이었어! 눈을 못 뜨는 게 좋은 거야!"

　덤벼드는 마호의 양손을 사이토가 받아치며 팽팽하게 맞붙었다. 여동생력 승부였을 텐데 누가 봐도 완력 승부가 되어 있었다.

　마호는 금세 힘이 다해 숨을 헐떡이며 바닥에 늘어졌다.

　"괜찮아……?"

　아카네가 걱정스럽게 마호 곁에 쪼그려 앉았다.

　기어들어 가는 목소리가 마호의 입술에서 새어 나왔다.

　"나는 이제 틀렸어, 언니. 내 원수, 갚아 줄 거지……?"

　"그래, 맡겨만 줘. 무슨 수를 써서라도 사이토를 쓰러뜨리고 말겠어."

"난 아무 잘못 안 했지?!"

마호가 애절한 얼굴로 눈물을 흘렸다.

"응, 오빠는 나쁘지 않아……. 나쁜 건, 좋아하는 오빠를 거절하지 못했던, 내 쪽이니까……."

"사이토는 100년 굶는 형이야!"

"그것만큼은……!"

사이토가 간청했다.

아카네가 손수 만든 요리는 이미 매일의 즐거움이 되고 있었다. 어쩌면 이미 길든 것일지도 모른다.

시세이가 관록이 담긴 얼굴로 고개를 흔들었다.

"마호는 안 돼. 오빠의 여동생이 어울리는 건 시세뿐이야."

"시짱은, 오빠한테 어떤 야한 공격을 할 생각이야……?"

"야한 것에서 벗어나."

"그런 건 필요 없어. 시세가 갈고 닦아 온 여동생력을 잘 지켜보도록."

당당하게 내뱉는 시세이.

사이토 쪽으로 다가오려 하지만 발이 미끄러져 요란하게 넘어진다.

일어나려다가 다시 넘어진다.

최선을 다해 일어나려고 하지만 또 넘어진다.

바동거리는 시세이의 모습은 그야말로 이제 막 나 홀로 걸음마를 시작하려는 아기.

사이토의 비호 욕구가 무서운 기세로 치솟고 있었다.

손을 뻗으면 안 된다. 자신의 힘으로 걷게 해야 한다는 것을 알면서도 손을 내밀어 주고 싶어진다. 어려서부터 시세이의 성장을 지켜본 사이토에겐 더욱 그랬다.

시세이가 긴 속눈썹을 떨며 연약한 몸짓으로 사이토를 올려다보았다.

"오빠…… 안아줘……?"

"크으윽……!"

파멸적인 대미지를 참아내는 사이토.

거기에 새로운 공격이 가해졌다.

꼬르륵~, 하고 시세이가 배를 울린 것이다.

이 소녀는 원하는 타이밍에 꼬르륵 소리를 기동하는 능력이 있다.

늘 시세이의 조름에 간식을 사주는 삶을 살아왔던 사이토에겐 시세이가 배고플 땐 무언가를 사줘야 한다는 조건 반사가 깔려 있었다.

넘어져 있고, 게다가 배가 고픈 상태의 시세이를 내버려 두려니 도저히 참을 수가 없었다. 이 연약한 생물을 구해 주지 않으면 자신이 모르는 곳에서 이상한 것을 주워 먹을 지도 모른다.

그런 본능.

오빠의 마음을 절묘하게 불러일으키는 상황.

그 모든 것을 계산한 상황에서 시세이가 사이토의 옷깃을 살포시 잡았다.

"안아······."

"백 점 만점이다──!!"

사이토가 시세이를 안아 올렸다. 아니, 헹가래를 쳤다. 이는 남매의 축제였다. 시세이는 여전히 무표정한 모습으로 V자를 만들었다.

마호가 이를 갈았다.

"억울하지만······ 시짱의 귀여움은 인정할 수밖에 없어······. 내 동생으로 만들고 싶어졌을 정도인걸······."

"괜찮아, 마호. 내겐 언제나 네가 세계 제일의 여동생이니까."

"언니······! 나한테도 언니가 세계 최고의 언니야!"

아카네와 마호가 손을 맞잡았다.

다른 이들이 범접할 수 없는 자매들만의 공간이 생성되었다.

"그럼 쪽 해도 돼?"

"뭐?! 키, 키스는 좀······."

"괜찮아! 혀는 안 넣는 키스니까!"

"그, 그렇다면······ 괜찮을까······? 아니, 안 돼!"

"에이, 뭐 어때서 그래~♪. 나한테 맡기고 언니는 가만히 있어~♪."

필사적으로 저항하는 아카네를 향해 마호가 우~ 하며
입술을 바짝 들이밀었다.

"사이좋은 자매네……."

"와삭와삭! 와삭와삭!"

시세이는 어디선가 감자칩을 발견하고는 무심히 먹고
있다……. 자세히 보니 감자칩이 아니라 단무지였다. 사이
토도 시세이도 영화의 러브신을 감상하는 관중이 되어 있
었다.

"거기! 보고 있지만 말고 도와줘!"

"헤헤헤~, 아무도 언니를 도와주지 않을 거야~♪. 단둘
이 있을 수 있는 곳으로 가자~♪."

마호는 아카네를 끌고 떠나갔다.

마호를 따라 아카네는 자신의 공부방으로 들어갔다.

"하아~, 드디어 단둘이 됐네~! 우리 집 같은 안심감~!"

마호가 아카네 의자에 앉아 빙글빙글 돌았다. 등받이를
허벅지에 끼우고 다리를 쭉 펴고 노는 모습은 고등학생 1
학년답지 않게 앳되고 귀여웠다.

"저기, 마호. 역시 자매끼리 키스는……."

아카네가 타이르자 마호가 웃었다.

"걱정하지 마~! 그건 농담이니까!"

"그, 그랬어……?"

"그야 당연하지~. 난 언니가 싫어하는 일은 하고 싶지

않은걸. 언니가 부끄러워하는 모습이 보고 싶었을 뿐이야."

"정말이지……. 놀리는 건 이제 그만해."

아카네가 가슴을 쓸어내렸다.

"미안, 미안. 하지만 뭐, 언니가 하고 싶을 땐 언제든 OK야!"

마호가 윙크와 함께 손키스를 날려왔다. 동생이지만 성장할수록 요염한 매력이 늘어나서 언니로서는 장래가 걱정됐다.

"우리 집에 오는데 왜 연락을 안 줬어? 이것저것 준비도 필요했을 텐데."

"언니가 놀라게 하고 싶어서. 놀랐어?"

동글동글한 눈망울로 마호가 아카네를 올려다보았다.

"정말 놀랐어……. 마호가 사이토랑 팔짱을 끼고 있는 모습을 봤을 땐……."

"팔짱 정도는 낄 수 있지~. 데이트하고 오는 길이었거든."

"데이트?! 사이토랑?!"

아카네가 화들짝 놀랐다. 히마리와의 데이트도 거절한 사이토가 마호의 데이트에 응했다니. 물론 마호가 매력적인 것은 인정하지만 그래도.

"데이트라기보단 조사에 가깝지! 언니의 결혼 상대에 대해 알아보고 싶었어. 어떤 남자인지, 언니를 어떻게 생각하는지."

"나를…… 어떻게 생각하고 있었는데?"

아카네는 약간 신경이 쓰였다.

자신들이 천적지간이라는 것은 틀림없다. 하지만 요즘 사이토는 적이라고는 생각되지 않는 행동을 한다. 우울해하는 아카네를 달래주기 위해 외출을 계획하기도 하고, 친목의 증표로 반지를 선물하기도 했다. 아카네는 사이토의 마음을 읽을 수 없었다.

"그런 것보다 언니에게 제안이 있어."

"뭔데?"

마호가 몸을 내밀어 아카네의 얼굴을 들여다보았다.

조금 전까지와는 전혀 다른, 진지한 표정으로 입을 연다.

"내가 저 사람이랑 결혼할까?"

"무슨……."

생각지도 못한 제안에 아카네는 말을 잃었다.

"우리 할머니랑 그쪽 할아버지의 목적은 과거에 사랑을 이루지 못했던 본인들 대신 손자를 짝지어 주겠다는 거잖아?"

"말도 안 되는 이야기지만, 맞아."

"그럼 언니가 아니라 내가 해도 괜찮은 거잖아. 제대로 할머니랑 교섭해서 보수로 언니 학비도 대줄게! 그럼 어떨까?"

마호가 아카네의 손을 잡고 물었다.

"그게……."

아카네는 즉답하지 못했다.

사고가 얼어붙은 듯 멈췄다. 눈앞의 경치조차 흐릿했다.

줄곧 자신의 꿈을 이루기 위해서는 사이토와의 결혼 생활을 감내해야 한다고 생각했기에, 이런 가능성이 있을 것이라고는 생각하지 못했다.

"저기, 네가 그 녀석을 상대하기는 힘들지 않을까……?"

아카네가 머뭇거리며 말문을 열었다.

"왜?"

"그 녀석 엄청나게 거만해. 스스로 최고라고 확신하면서 항상 주위를 자연스럽게 깔보고 잘난 척도 잘하고."

설명하는 와중에도 사이토의 평소 거만함을 떠올리며 분노한다.

"괜찮아! 그야 머리는 그 사람이 최고일지 몰라도 귀여움이라면 내가 최고거든! 이길 수 있어! 내 매력으로 사로잡아 버릴게!"

자신만만하게 내뱉는 마호. 하긴 이 동생도 자신을 아주 좋아한다는 의미에서는 사이토에게 지지 않을지도 모른다.

아카네는 사이토를 향한 불만을 토로했다.

"위생 감각도 이상해. 식기 같은 건 천장에 닿을 때가 되어서야 씻으면 된다고 말하는 녀석이야."

"가사에 소홀해도 혼나지 않아도 되니까 편하네♪."

"요리도 제대로 못 해서 조금만 눈을 떼면 컵라면을 마구

쌓아두고."

"나도 컵라면은 완전 좋아해!"

"좀비 나오는 불결한 게임 같은 걸 온종일 하기도 하고."

"재미있지~, 좀비 탕탕 쏘는 거!"

"……."

"왜?"

입을 다문 아카네의 모습에 마호가 고개를 갸우뚱했다.

어쩌면 의외로 여동생은 사이토와 마음이 맞는 것이 아닐까. 적어도 얼굴을 볼 때마다 싸우는 자신보다는 낫지 않을까. 아카네는 그런 것을 생각하고 말았다.

"넌…… 그래도 괜찮아? 정말 좋아하는 사람과 결혼하고 싶진 않아?"

"에이, 천적이랑 결혼한 언니가 할 말이야?"

"나는…… 연애 같은 건 관심 없으니까. 꿈을 이루기 위해서라면 어쩔 수 없어."

"그렇겠지. 언니는 그런 사람이니까."

"그럼 안 돼?"

"아니, 안심돼!"

마호가 기쁜 얼굴로 웃었다.

"안심된다니 그게 무슨 뜻이야?"

"옛날부터 변함없다고 할까? 어린애 같다고 할까?"

"무시하는 거지?"

"무시한 적 없어! 언니는 성적 매력 제로에, 미인인데도 남자 그림자는 전혀 없고, 혼자서 쓸쓸히 노후를 맞이할 것 같은 부분이 좋은 거야!"

"그거…… 칭찬이니……?"

아카네는 혼란스러웠다. 일단 친구나 고양이에게 둘러싸여 살고 싶지만, 친구라고 할 수 있는 존재는 히마리 정도였다.

"그 사람, 성격은 아직 잘 모르겠지만 얼굴은 마음에 들던데?"

"흐, 흐음, 그래……."

"머리 스타일 같은 건 좀 촌스럽긴 한데 본바탕은 꽤 잘생기지 않았어? 내가 제대로만 코디해주면 어디에 내놔도 부끄럽지 않은 남자가 될 거야."

"어디에 내놓을 건데."

"우주라든가."

"그럼 죽어."

"진공에서도 호흡할 수 있는 기능이 달려 있을 것 같지 않아?"

"저래 봬도 일단 인간이야. 알고 있지?"

로봇 같은 무언가로 오해하고 있는 기색이었다.

"얼굴이 취향이라면 야한 짓도 할 수 있을 거고, 문제없잖아?"

"야, 야한 짓이라니……."

여동생의 적나라한 말투에 아카네는 목덜미가 뜨거워졌다.

마호는 의자 위에 무릎을 세우고 앉아 선이 고운 다리를 몸쪽으로 끌어안았다.

"결혼했으면 그것도 해야 하잖아. 안 하는 것도 이혼 사유가 된다? 언니는 앞으로 평생 그 사람을 상대해주지 않을 생각이야?"

"그건…… 그 녀석도 그런 건 바라지 않고……. 우리의 결혼이 형식적이라는 것에 서로 동의하고 있으니까……."

"난 결혼은 형식적이지 않은 쪽이 서로 행복하다고 생각해."

"윽……."

너무나도 정론에 반박할 말이 없었다.

아카네의 부모님은 실로 다정하여 곁에서 바라보기만 해도 행복하다는 것이 전해졌다. 그 두 사람의 관계가 이상적인 부부라는 것은 아카네도 부정할 수 없다. 그리고 아카네와 사이토의 관계가 그것과는 동떨어져 있다는 것도.

"그리고 이것 좀 봐봐. 이미 그 사람이랑 이렇게나 친해졌는걸."

마호가 스마트폰에 사진을 띄웠다.

사진에는 사이토의 손가락을 문 채 V자를 한 마호가 비치고 있었다. 사이토도 어이없다는 듯 웃기만 할 뿐 거절하거나 저항하지는 않은 듯 보였다.

"뭐, 뭐야 이거……."

아카네는 눈을 의심했다.

"그 사람 손가락에 버거 소스가 묻어서 깔끔하게 핥아줬어. '강아지 같아서 귀엽네'라면서 좋아하더라."

"거, 거짓말……. 사이토가 그럴 리가……."

시세이라면 몰라도 다른 소녀에게 사이토가 쉽게 마음을 주는 모습은 상상하기 어려웠다. 어느 쪽인가 하면 사이토는 무뚝뚝한 타입이었다.

"정말이야~. 쪽쪽 빨아줬는걸!"

마호가 손가락을 빨며 시연해 보였다. 손가락에 혀를 내두르는 모습이 외설스러웠다. 마호 같은 소녀에게 이런 짓을 당한다면 모든 남자는 한방에 넘어갈 것이다.

"너희들, 이제 막 만난 거지……?"

"응! 근데 역시 궁합이라는 게 있는 건가 봐~! 금방 친해져 버렸어! 이대로면 결혼해도 알콩달콩한 부부로 잘살 테니까 언니도 안심하겠지?"

"뭐, 안심은…… 하겠지만……."

만년 전쟁터인 아카네와 사이토보다는 훨씬 원만한 부부가 될 것 같았다.

"다행이다~! 그러면 나한테 맡겨줘! 점점 더 친해질게♪."

"앗······."

아카네는 손을 잡아 말리려 했지만, 마호는 공부방을 그 대로 뛰쳐나갔다. 계단을 뛰어 내려가는 발소리가 통통 울려 퍼졌다.

──나······ 왜 말리려고 한 거지?

남겨진 아카네는 자신의 행동에 당황했다.

당황스러운 건 그뿐만이 아니었다.

마호가 대신 결혼하겠다고 제안했을 때 왜 자신은 바로 답하지 못했을까. 정말 싫어하는 반 남자애를 데려가는 데 다 꿈을 이룰 수 있는 학비도 받을 수 있는, 다신 오지 않을 기회였을 텐데.

그리고 왜······ 마호와 사이토가 찍힌 사진을 봤을 때 가슴이 저릿하고 아팠을까. 지금도 그 아픔은 사라지지 않은 채 둔한 위화감으로 남아 아카네를 괴롭혔다.

"어디······ 아픈 건가······."

아카네는 가슴을 누른 채 방 한구석에 덩그러니 서 있었다.

사이토는 욕조에 몸을 담근 채 온몸의 긴장을 풀었다.

본가에서 생활할 때부터 혼자 있을 수 있는 장소를 좋아했다. 부모님의 적의가 느껴지는 본가에서 자신의 방이나 욕실 같은 사적인 공간은 피난처였다.

어쩌면 독서가 취미가 된 것은 글씨의 세계에 빠져 있는 동안만큼은 어떤 장소에서도 혼자가 될 수 있기 때문일지도 모른다.

늘 전쟁터인 이 집에서도 욕실이 안전지대인 것은 마찬가지다. 어떠한 상황에서도 아카네는 욕실에 발을 들이지 않았기에 마음 편히 휴식을 취할 수 있었다.

오늘 밤은 시세이와 마호도 묵을 예정이라 한층 시끄러웠다. 사이토는 한동안 욕실에 눌러앉아 평온을 즐기고자 했다.

하지만.

"오빠아~! 귀여운 마호가 등을 밀어주러 왔어!"

힘차게 문이 열리면서 귀중한 평온은 허무하게 깨져버렸다.

수건으로 앞을 가리지도 않은 마호가 당당하게 욕실로 쳐들어왔다. 벌거벗은 몸 사이로 흠잡을 곳 없는 새하얀 두 개의 언덕이 우뚝 솟아 있다.

사이토가 곧바로 고개를 돌렸다.

"이미 등은 씻었어! 돌아가!"

"등보다 더 굉장한 곳을 씻겨달라는 뜻?! 오빠 엉큼해!"

"굉장한 곳이라니 뭐야!"

"당연히 십이지장을 말하는 거지!"

"그거 정말 굉장하네……."

꿀꺽 침을 삼키는 사이토. 무심코 마호의 격퇴를 잊을 정도였다.

"여자애한테 본인의 십이지장을 억지로 씻기게 하다니, 오빠 야해!"

"그 페티시즘은 너무 광적이잖아!"

"솔은 위랑 아래, 어디로 넣어줬으면 좋겠어?"

"양쪽 다 넣지 마!"

진심이 담긴 부탁이었다. 요컨대 목숨을 구걸하는 상황이다.

터벅터벅 발소리를 내며 마호가 욕조로 다가왔다.

"자자, 부끄러워하지 않아도 돼. 나와 오빠 사이인걸♪."

"나와 네가 대체 어떤 사이인데?"

"같은 별에서 태어난 사이?"

"다시 말해 거의 남남이라는 거네."

약 80억 명에 해당한다.

"같은 평행 세계에서 태어난 사이?"

"훨씬 더 남남이 됐네!"

"하지만 오늘부터 연인이 됐잖아!"

"안 됐어!"

"됐어! 내가 그렇게 정했으니까! 거부권? 그런 건 없어!"

"네가 여황제냐! 물러나라! 물러나라!!"

악령을 퇴치하는 주문처럼 사이토가 간절히 외쳤다.

등 뒤에서 마호의 양팔이 사이토의 목을 감아왔다. 눈이 부실 정도로 새하얀 팔뚝이 끈적하게 사이토의 몸을 휘감았다. 한여름의 꿀보다도 더 뜨거운 한숨이 사이토의 귓가를 간지럽혔다.

"나를 쫓아내면 '오빠가 날 덮쳤어'라고 언니한테 말해버린다?"

"?!"

사이토의 몸이 뻣뻣하게 굳었다.

"아카네는 그런 헛소리를 믿을 바보가 아니야……."

"글쎄? 제일 싫어하는 오빠의 말과 제일 좋아하는 여동생의 말, 언니는 어느 쪽을 믿을까?"

"당·연·히·나·를·믿·겠·지."

책 읽기였다. 가뜩이나 사이토의 말이란 말은 전부 의심부터 하는 아카네가 억울하다는 주장을 들어줄 리 없다.

마호는 눈가에 손을 가져다 대며 일부러 우는 시늉을 해 보였다.

"아아, 가여운 오빠. 신고당해서 감옥에 갇힌 채 350년이나 나오지 못하다니!"

"한참 전에 수명이 다해서 죽을 텐데?!"

"수명이 다했어도 350년이 다할 때까지 계속해서 소생시킬 거야."

"완전 생지옥이잖아."

조금의 인정이라도 있다면 빨리 죽여 달라고 사이토는 생각했다.

하지만 마호를 적으로 돌리면 아카네와의 삶이 생지옥이 될 것도 분명했다. 그리고 이 소녀는 한다면 정말 하는 타입이겠지.

"자, 어떡할래? 오빠. 나랑 사이좋게 지내줄 거지……?"

귓가에 대고 달콤하게 속삭이고 있지만, 내용은 완벽한 위협이었다.

"……마음대로 해."

사이토는 체념했다.

"아싸~♪. 오빠를 마음대로 할 수 있다!"

"나는 마음대로 하지 마! 빨리 씻고 빨리 나가버려!"

"에이, 매정하긴~. 사실은 좋으면서~."

"좋지 않아."

마호의 반 남자애였다면 이런 상황은 대환영이었겠지만, 사이토는 입장이 전혀 달랐다. 배우자의 여동생과 함께 목욕했다가 들키기라도 했다간 그야말로 대소동이다. 초등학생 정도라면 몰라도 마호와는 거의 나이 차도 나지 않는다.

"오빠 몸은 이미 씻었으니까 내 몸 씻겨줘도 돼."

"사양할게. 난 조용히 목욕을 즐기고 싶어."

"시짱 몸은 씻겨주면서?"

"옛날의 이야기야."

"흐음~, 옛날에는 씻겨줬구나. 그렇게나 귀여운 아이를 구석구석까지……."

"내가 하고 싶어서 한 게 아니야. 시세가 스스로는 아무것도 못 했으니까……."

마호가 입술을 손으로 감싸며 놀렸다.

"오빠, 변태!"

"큭……."

이 소녀의 말은 하나하나 화가 치밀었다. 아카네의 동생답게 남의 신경을 건드리는 데에 능숙한 것인지도 모른다.

마호가 작은 의자에 앉아 머리를 감기 시작했다. 그녀가 눈을 감고 있는 사이 욕실을 빠져나가기 위해 사이토는 욕조에서 일어났다.

"……오빠? 도망쳐도 언니한테 다 일러바칠 거야."

"하하……. 도망칠 리가 없잖아……."

메마른 웃음을 흘리고는 욕조로 되돌아온다. 머리가 나빠 보이는데 실은 나쁘지 않다는 것이 더욱 성가셨다. 이렇게 되면 그녀의 직성이 풀릴 때까지 요구에 응할 수밖에 없다.

마호가 샤워기로 머리를 감았다. 이번에는 스펀지에 거품을 내서 몸을 씻어 나갔다. 되도록 시선을 두지 않으려고 했지만 아무래도 그 모습이 시야에 들어왔다.

"아, 오빠가 뚫어지게 쳐다보고 있다~."

"등을 보이면 기습당할까 봐 경계하는 거다."

"네, 네. 알죠, 알죠~."

놀리는 듯한 말투.

"전혀 모르잖아."

"자세히 봐도 괜찮아. 우린 연인이니까."

마호가 팔을 들어 올리자 요염한 겨드랑이가 드러나며 그 굴곡 위로 거품이 미끄러져 내려갔다. 내보이듯 맨다리를 들어 올리더니 날씬한 다리에 스펀지를 문지른다. 도발적인 짓을 해도 그림이 되는 미형이라는 것이 분했다.

사이토는 사전의 항목을 순서대로 암송하며 마음을 비웠다.

넋을 잃어서도 안 되고 반응해서도 안 된다. 그러면 패배다. 그녀의 마성에 압도되면 무슨 일을 당할지 안 봐도 뻔했다. 애초에 마호의 목적도 아직 불분명한 상황이었다.

"자, 그럼……."

몸을 다 씻은 마호가 바가지를 바닥에 내려놓고 사이토 쪽을 바라보았다. 살짝 일그러진 입술에는 포식자의 미소가 담겨 있다.

"오빠, 기다렸지?"

"안 기다렸어. 나는 사전을 암송하느라 바빠."

"그런 거 하지 말고 좀 더 즐거운 일 하자…… 응?"

마호가 욕조에 발끝을 대고는 긴 다리를 미끄러트리며 들어왔다. 눈부신 허벅지는 상아 세공처럼 결이 촘촘하여 매혹적인 질감이 느껴질 것만 같았다.

그녀가 욕조에 들어오는 것만으로도 사이토는 탕 온도가 올라가는 것을 느꼈다. 아니, 지금은 사이토 본인의 체온이 올라간 것인지도 모른다.

그녀는 아름다운 언니에 지지 않았다.

그리고 더 무서운 점은 그녀가 사이토를 거부하지 않는다는 점이었다.

마호가 사이토의 맞은편에 앉으며 탕에 몸을 담갔다. 무릎을 세워 그 위에 팔을 올려두고 가볍게 고개를 갸웃거리며 사이토를 바라본다.

"언니랑도 같이 목욕했어?"

"……아니."

사이토는 눈 둘 곳을 찾지 못했다.

고개를 숙여 시선을 피하는 것도 지나치게 의식하는 것 같아 망설여졌다. 자신이 유리하다는 것을 확신한 마호가 순식간에 주도권을 빼앗아갈 터였다.

"다른 여자애와는? 가족 말고."

"없어."

"그럼 내가 처음이네. 나도 오빠가 처음이야."

천진한 미소를 지어 보이는 마호. 반짝이는 수면이 일렁이며 그 아래로 새하얀 나신이 비치고 있다. 사이토의 양손으로 안아 들 수 있을 것 같은 가느다란 허리. 마호가 작게 숨을 들이마시고는 사이토를 바라보았다.

"……있지, 오빠. 나랑 결혼하자."

"뭐……? 무슨 말이야……?"

사이토가 당황하며 되물었다.

"우리 할머니랑 오빠 할아버지는 서로의 손자가 결혼하길 바라는 거잖아?"

"뭐, 그렇지."

"그렇다면 그거, 내가 해도 되는 거잖아."

마호가 욕조 바닥에 손을 짚더니 사이토 쪽으로 몸을 내밀었다. 노출된 어깨가 가까워지며 윤기를 띤 피부에서 달콤한 살 내음이 물씬 풍겨왔다.

"오빠도 언니랑 싸움만 하는 거, 지겹지 않아?"

"……아아. 고등학교에 들어온 뒤로 마음 편할 날이 없었지."

"성격이 안 맞는 언니보다 나랑 결혼하는 편이 더 즐거울 거야."

"넌 너대로 성가시긴 하지만 말이야."

실제로 마호가 나타난 이후의 사이토는 확실하게 피로가 축적되어 있었다. 남자를 휘두르는 악질적인 면에서는 언니나 동생이나 매한가지였다.

"나 꽤 최선을 다하는 타입이야. 오빠가 하고 싶은 건 전부 다 하게 해줄게."

근거리에서 마호가 사이토를 올려다보았다.

그 큰 눈동자에 거짓은 비치지 않았다. 긴 머리에서 흘러내린 물방울이 날카로운 턱선을 타고 떨어져 수면에 희미한 파문을 일으켰다.

"전부라니……."

물에 감싸여 있는데도 사이토는 목이 타는 것을 느꼈다.

"말 그대로 전부. 오빠가 '응'이라고만 하면 이 몸은 오빠 거야. 맘대로 갖고 놀아도 되고, 오빠가 원하는 건 뭐든 해줄게."

마호가 젖은 손바닥으로 사이토의 뺨을 감싸왔다. 소녀의 무릎이 사이토의 다리 사이로 밀고 들어오자 마치 사이토가 그녀를 안고 있는 듯한 자세가 됐다.

"언니 같은 미인과 함께 살고 있는데 야한 짓도 못 해서 괴롭지?"

"애초에 그 녀석과는 그런 관계가 아니야."

"그런 건 너무 슬프잖아. 모처럼 결혼했는데. 오빠는 여자한테 관심 없어?"

"전혀 없는 건 아니지만……."

건강한 남자였기에 남들만큼의 욕구는 있었다. 만약 동

거 상대가 천적인 아카네가 아니었다면 지금쯤 어떻게 되었을지는 모르는 일이다.

"그렇지? 나라면 오빠의 욕구를 해소해줄 수 있어."

무언가에 홀린 듯, 마호가 뜨겁게 속삭여왔다.

"……읏."

그 유혹은 너무나도 강력했다.

마호의 말대로 천적인 아카네보다는 마호 쪽이 사이토와 평화롭게 지낼 수 있을 것이다. 사쿠라모리 가문의 손녀와 결혼만 하면 텐류도 사이토에게 호조 그룹을 물려주리라.

마호의 성격은 건방지지만 매일 싸울 정도는 아니다. 오히려 적극적으로 어필해오는 모습은 남자로서 감사한 부분도 있다. 그리고 겉모습은 나무랄 데가 없다.

하지만.

"잠깐…… 생각 좀 하게 해줘."

사이토는 손바닥으로 이마를 눌렀다.

"왜 생각이 필요해? 내가 언니보다 훨씬 더 좋은 여자 아니야?"

마호가 사이토를 노려보았다.

"본인 입으로 좋은 여자라는 소리 하지 마."

"사실이잖아. 언니는 같이 목욕 같은 거 해줘? 오빠의 소원이나 욕망을 있는 그대로 받아들여 줘? 아니잖아? 하지만 난 할 수 있어."

사이토를 끌어안는 마호.

부드러운 가슴이 짓눌리며 사이토의 가슴팍에서 제멋대로 형태를 바꿨다. 달라붙어 오는 듯한 피부의 밀착감에 사이토는 전신의 피가 끓어오르는 것을 느꼈다.

"나는…… 당신의 욕망을 비춰줄 거울이 될 수 있어."

마호가 작게 중얼거렸다.

사이토는 극심한 피로감과 함께 침실에 도착했다.

이불 속에 몸을 맡기니 한숨이 절로 나왔다. 오늘 밤은 취침 전에 독서를 할 여유도 남아 있지 않았다.

"어쩐지 피곤해 보이네. 무슨 일 있어?"

먼저 침대에 들어와 있던 아카네가 참고서를 덮더니 사이토를 바라보았다.

"네 동생한테 휘둘리느라. 너무 자유분방하다고 할지, 기운이 너무 넘친다고 할지."

대신 결혼하자는 제안을 받았다는 말은 아카네에게 할 수 없었다.

딱히 전해도 상관없을 것이다. 진지하게 검토한다면 아카네와 의논하는 것이 가장 좋을 텐데, 왠지 망설여졌다.

"나는 마호의 씩씩한 모습을 볼 수 있어서 기뻐."

"뭐든 정도라는 게 있지 않나?"

"기운이 없는 것보단 훨씬 나아. 그 애 어렸을 땐 늘 아파서 누워 있느라 걱정하지 않는 날이 없었어."

아카네가 걱정스러운 눈빛으로 마호가 자고 있을 손님방 쪽을 바라보았다.

손님방으로 마호를 안내해줬을 때도 몸이 차가워지지 않도록 정성껏 침구와 잠옷을 준비해 주었다. 여동생이 걱정되는 것은 지금도 변함이 없는 것 같았다.

"몸이 약했다고 했지."

"약했고, 태어날 때부터 큰 병을 앓았어. 초등학생일 때는 학교도 많이 못 갔고. 대화 상대라고는 나밖에 없었지."

"그래서 저렇게 시스콤이 된 건가……."

커뮤니케이션 능력의 최정점을 찍은 것 같은 지금의 마호를 보고 있노라면 병으로 누워 있던 시절이 상상도 되지 않았다. 저 폭발적인 에너지는 대체 어디서 나오는 걸까 하고 사이토는 의문이 들었다.

아카네가 온화한 미소를 지어 보였다.

"마호가 건강하게 살아준다면 난 그것만으로 행복해. 좀 제멋대로 구는 부분도 있지만, 그런 행동에도 부응해주고 싶어. 좀 더 인생을 즐겼으면 좋겠어."

"동생한테는 상냥하구나."

사이토는 감탄했다.

"그 말투는 뭐야!"

"나한테도 좀 상냥하게 대해달라는 뜻이야."

"뭐? 끔찍한 소리 하지 마."

쓰레기를 보는 듯한 눈으로 아카네가 사이토를 바라보았다.

"바로 이런 걸 말하는 거라고……."

사이토는 안타까운 심정이었다. 여동생을 향한 상냥함의 10분의 1만이라도 사이토에게 나눠준다면 이 집의 생활은 좀 더 나아질 수 있을 텐데.

두 사람이 동시에 입을 다물자 침실에 침묵이 내려앉았다. 슬슬 아카네도 피곤하겠지. 저녁 후에 마호랑 시세이와 함께 게임을 한 탓에 이미 밤도 꽤 늦었다.

사이토가 막 잠이 들려던 차에 아카네가 입을 열었다.

"저, 저기 있잖아……. 묻고 싶은 게 있는데."

어딘가 긴장감이 배어 나오는 작은 목소리.

"뭔데?"

"너…… 나랑 헤어지고 싶어……?"

"어?"

사이토는 흠칫 놀랐다.

마호와 욕실에서 이야기한 것을 들은 것일까. 그렇다면 욕실에 둘이 함께 있었다는 사실을 들켰다는 것일까. 초조함이 식은땀이 되어 흘러나왔다.

111

"왜…… 그런 질문을 해?"

아카네가 어디까지 알고 있는지 알 수 없었기에 사이토가 조심스럽게 떠보았다.

"그냥 잠깐 궁금했을 뿐이야."

"왜 궁금한데!"

"그냥이라고 했잖아! 대답이나 해! 네게 프라이버시 따위 없으니까!"

"아니, 있어야지."

"없어! 동물원의 원숭이는 온종일 모두에게 전부 보이잖아!"

이곳은 동물원이 아니고 사이토 역시 원숭이가 아니었다. 사람으로서 최소한의 프라이버시는 지키고 싶은 것이 솔직한 심정이었다.

"만약 내가 헤어지길 원한다면 넌 헤어질 거야?"

"그, 그건……."

이번엔 아카네가 말문이 막혔다.

"어때? 나한테 질문한 이상 너도 대답하는 게 맞잖아?"

욕실 건에 대한 추궁을 피하고자 사이토는 조금 억지스럽게 몰아붙였다.

그 효과가 나타난 것인지 아카네가 머뭇거렸다.

"으, 으윽……. 이제 됐어! 빨리 자기나 해!"

"그럴 생각이야."

사이토와 아카네는 서로 등을 돌린 채 잠이 들었다.

눈을 떴을 땐 이미 늦은 뒤였다.

놀았다.

시짱 귀여워! 천사야!

외박에 너무 들떠서 잠이 안 오길래 깨우러 왔어!

뭐 해...?

놀자 놀자 놀자!

3학년 A반 교실.

사이토가 자신의 자리에서 책을 읽고 있는데 귀에 후, 하는 입김이 닿아왔다.

"윽?!"

소름이 돋는 사이토.

뒤돌아보니 마호가 얄미운 미소를 지은 채 내려다보고 있다.

"좋은 아침, 오빠!"

"너…… 갑자기 무슨…….."

사이토가 손바닥으로 귀를 보호했다.

"아침 인사인데? 일본에 틀어박혀 있는 오빠는 잘 모를 수도 있겠지만 해외에선 상식이야!"

"해외가 아니라 행성 밖의 상식이겠지. 네가 태어난 별로 돌아가!"

원천 차단하겠다는 마음을 담아 마호를 날카롭게 노려보았다. 모처럼 아침 HR이 시작되기 전에 독서를 즐기려던 참이었다. 트러블 메이커의 방해를 받을 수는 없었다.

마호가 입가를 손으로 가린 채 웃었다.

"아~, 오빠도 참. 후우~로 느껴버렸구나~?"

"안 느꼈어!"

"분명히 느꼈어~. 이거 봐. 엄청 소름 돋았네~."

마호의 손끝이 사이토의 목덜미를 천천히 미끄러져 내려갔다.

사이토가 마호의 손을 잡았다.

"학교에서 당당하게 성희롱하는 건 그만두라고……."

"꺅! 오빠, 그렇게 갑자기 손을 잡다니…… 너무 대담해!"

마호가 몸을 배배 꼬며 수줍어한다. 누가 봐도 꾸민 듯한 행동에 감정도 실려 있지 않은데 교실 남자들의 적의는 사이토에게만 집중됐다.

"저 쓰레기 자식……." "또 귀여운 후배랑 노닥거리기나 하고……." "죽인다. 법에 걸리지 않는 범위에서 죽이겠어." "저 녀석 신발 속에…… 신선한 낫토를……." "이소플라본! 이소플라본!"

"너무 부조리한 거 아니야?!"

항의하는 사이토. 하지만 들어주는 사람은 없다. 남자들은 모두 아이돌급 미소녀(내용물은 악마)의 손바닥 위에서 놀아나고 있었다.

"오빠는 학교에서 미움받고 있구나~. 가여워라~ ♪."

"이게 다 누구 때문인데……."

"자신을 너무 몰아붙이지 마!"

"너 때문이라고 말하는 거야!"

"그렇지, 내가 너무 귀여워서 나쁜 거지~! 귀여워서 미안해 ♪."

양 뺨에 검지를 대고 혀를 쏙 내미는 마호. 계산된 행위임이 명백했지만 그런 포즈조차 완벽했다.

"""귀여워~!"""

남자들은 절규와 함께 복도로 쏟아져 나갔다. 흘러넘치는 열정이 그들을 달리게 하고 있었다. 사이토의 팔에 달라붙어 있는 마호의 모습을 더는 보고 싶지 않았던 것일지도 모른다.

"너…… 아카네의 여동생이라고는 믿기지 않을 정도로 남자 다루는 실력이 탁월하단 말이야……."

사이토는 다소 질렸다는 낯빛으로 감탄했다.

마호는 손가락으로 머리를 매만지며 웃었다.

"딱히 능숙하지도 않아~. 남자가 바보에다 단순하고 흑심 덩어리일 뿐이지. 이용하는 건 쉽거든♪."

"나 방금 엄청 무서운 말을 들은 것 같은데."

"앗, 농담, 농담! 남자애들은 착하고 멋져♪. 마호는 존경해♪."

"서둘러 번복해 봐야 역효과거든."

사이토는 여성 불신이 될 것만 같았다. 인간에게 양면성이 있다는 것은 알고 있었지만 겉과 속의 회전이 너무나도 빠르면 그 속을 따라잡을 수가 없다.

"나랑 결혼한다는 이야기는 생각해봤어?"

"틈만 나면 남자를 이용하려는 녀석과 결혼할 수 있겠냐!"

"이용 안 했어! 하인으로 삼고 있을 뿐이야!"

"난 하인이 되고 싶진 않아!"

"오빠는 하인으로 안 삼을 거야~. 오히려 내가 하인이 되어줄게! 뭐, 뭐든 명령해주세요, 주인님……."

무릎을 꿇은 마호가 두 손을 깍지 낀 채 몸을 떨며 사이토를 올려다보았다.

이번에는 교실 안의 여자들에게서 경멸의 눈길이 사이토에게 집중되었다.

"호조가 후배한테 잔인한 짓을 하고 있어……." "하인으로 삼는다고 들은 것 같은데?" "연하의 여자에게 주인님이라고 부르게 하다니 징그러워……." "여자의 원수야……."

"쓸데없는 오해 불러일으키지 마!"

사이토는 마호의 어깨를 잡고 일으켜 세우려 하지만 마호는 더욱 겁먹은 척하며 떨고만 있다.

"죄, 죄송해요, 주인님! 최선을 다해 봉사할 테니……!"

불온한 말을 내뱉으며 재주 좋게 눈물까지 보였다.

사이토에게 퍼부어지는 여자들의 살의의 파동이 급속히 팽창했다. 당장이라도 폭동이 일어날 것 같았다. 이대로라면 사이토의 목숨이 위험하다. 사회적 생명은 이미 끝난 느낌이지만, 물리적 생명도 나락의 벼랑 끝에 서 있다.

──젠장, 어쩌면 좋지? 이 녀석의 사악함을 증명하려면 어떤 증거를 모아야 하는 거야……?!

사이토가 필사적으로 머리를 쥐어짜는데 교실로 히마리가 들어왔다. 사이토와 마호 쪽으로 시선을 돌리자마자 눈을 빛내며 달려온다.

"마호! 오랜만이야!"

"히마링! 예이!"

"예이!"

　마호와 히마리는 함께 환호성을 지르더니 폴짝폴짝 뛰면서 하이파이브를 나눴다. 온몸으로 기쁨을 표현하는 모습을 보니 사이가 무척 가깝다는 것을 한눈에 알 수 있었다.

"마호가 일본에 돌아왔다는 건 아카네한테 들었는데 벌써 학교에도 왔구나!"

"맞아~! 빨리 히마링의 가슴에 얼굴을 묻고 싶었거든!"

"자, 어서 와!"

"와아!"

　히마리가 두 팔을 벌리자 마호가 거리낌 없이 달려들었다. 히마리의 가슴을 양손으로 움켜쥐고 얼굴을 파묻더니 침을 흘리며 빰을 문질렀다.

"하아, 히마링의 가슴은 최고야~! 언니 거랑은 다르게 이불처럼 감싸 안아줘~! 포용력 덩어리~!"

"포용력이 없어서 미안하네……."

　아카네가 이마에 핏대를 세우며 나타났다.

　마호가 황급히 변명했다.

"앗, 언니에겐 언니만의 장점이 있어! 손에 쏙 담기는 느낌이 안심된다고나 할까? '우리 집에 돌아왔구나……' 하는 실감이 난달까? 뭔지 알지?"

"몰라!"

아카네가 어깨를 부르르 떨었다.

"히마링의 가슴, 오빠도 파묻혀볼래?"

"넌 대체 무슨 소릴 하는 거야!"

사이토는 설마 화살이 자신에게 향할 것이라고는 생각지 못했다.

"이건 한 번쯤 경험해보지 않으면 아깝단 말이지. 극상의 포근함이야~. 중독돼서 히마링에게 헤어 나올 수가 없을걸~?"

쓸데없이 언니 절친의 가슴을 밀어오는 마호.

"자, 사이토도 얼굴을 묻고 싶다면…… 와도 돼."

히마리가 뺨을 붉힌 채 머뭇거리더니 손을 내밀어 왔다. 여신과도 같은 매력 넘치는 가슴이 아래위로 흔들리며 강력한 인력으로 유혹해 온다.

"아니…… 그건…….."

사이토는 반응하지 못했다.

다른 때였다면 곧바로 거절했으리라. 하지만 사이토는 히마리의 호감을 알고 있었고, 지금 한 제안이 상당히 진심이라는 것도 알고 있다.

쌀쌀맞게 거절해 버린다면 히마리가 상처받진 않을까. 그렇다고 해서 순순히 덥석 미끼를 문다면 단짝을 더럽혔다는 이유로 아카네는 격분할 것이고 반 아이들에겐 파묻힐 것이다. 가슴이 아니라 차가운 땅속에.

사이토가 정답을 찾고 있는데 아카네가 노려보았다.

"뭘 그렇게 고민하는 거야! 그딴 걸 허락할 리가 없잖아!"

아무래도 제한 시간이 끝난 것 같았다.

"난 허락할 수 있는데……. 사이토가 하고 싶은 거라면 뭐든 해주고 싶어."

"하아, 히마링은 정말 오빠를 좋아하는구나. 보기 좋아~."

응응, 하며 고개를 끄덕이는 마호.

"아까부터 신경 쓰였는데, 마호는 왜 사이토를 오빠라고 불러?"

히마리가 신기하다는 얼굴로 물었다.

"아, 그건 말이지~. 오빠가 언니의……."

"이 바보가!"

당장이라도 결혼에 관해 설명하려는 마호의 모습에 사이토는 간담이 서늘해졌다. 초속으로 마호의 입을 틀어막고 그대로 벗어나지 못하게 제압했다.

"으븝! 으브브븝!"

버둥거리며 날뛰는 마호.

창백해지는 아카네.

히마리는 눈을 동그랗게 뜨고 바라보고 있다.

"몰랐어. 사이토랑 마호 사이가 무지 좋구나~."

마호가 사이토의 손에서 벗어나며 푸학, 하고 숨을 내쉬었다.

"엄~청 사이좋지! 그렇지, 오빠?"

"하하하……."

사이토가 메마른 웃음을 흘렸다.

마호가 못을 박듯이 압박해 온다.

"사이좋지이? 그도 그럴 게 같이 목욕……."

"좋지! 아아! 은하 제일의 명콤비지!"

"갤럭시~!"

사이토는 자포자기한 심정으로 마호와 어깨동무를 했고, 마호는 눈가에 V자를 그렸다.

여기서 마호를 적으로 돌려 모두 불어버린다면 모든 것이 끝장이다. 귀국한 지 얼마 안 된 소녀였지만 사이토는 빨리 해외로 여행을 떠나줬으면 하는 마음이 간절했다.

"히마링, 히마링! 이번 주말에 우리 다섯이서 놀러 가자!"

히마리가 손가락을 접으며 계산했다.

"이 다섯 명이라면…… 아카네랑 사이토, 마호랑 나 말하는 거야? 어라? 4명밖에 없는데?"

마호가 고개를 숙인 채 낮은 목소리로 중얼거렸다.

"있어……. 한 명 더, 오빠 뒤에……."

"뭐……라고……?"

사이토는 등줄기가 오싹해지는 것을 느꼈다.

확실히 들린다. 희미한 발소리가.

천천히 기척이 가까워지더니 사이토 뒤에서 멈춰 선다.

사이토의 손을 잡는 작은 손바닥. 피가 통하지 않는 것처럼 새하얗고 얼음처럼 서늘했다.

"다 같이 놀러 가고 싶어."

시세이였다. 빵 먹기 경쟁이라도 하듯이 멜론빵을 입에 물고 우물거리고 있다. 그녀는 산양이나 사슴 같은 초식동물처럼 하루 대부분을 우물거리며 지낸다.

"뭐야, 시세였잖아……."

어깨에 힘을 빼는 사이토.

"누구라고 생각했어? 타이라노 아손 오다 카즈사노스케 사부로 노부나가인줄 알았어?"

시세이는 오다 노부나가의 풀네임을 막힘없이 발음했다.

"그런 역사상의 위인을 알고 지내진 않아."

"노부나가를 암살한 건 오빠인데?"

"사, 사이토가 그런 나쁜 짓을 했을 리가 없어! 난 사이토를 믿어!"

"믿는 걸 떠나서 이미 400년도 더 지난 이야기거든!"

만남을 원한다고 해도 나이 차가 심각했다.

"그, 그렇구나. 안심했어."

"난 히마리 쪽이 걱정되는데……. 나중에 공부 알려줄게."

"그건 엄청 기쁘지만…… 왜?"

히마리가 천진난만한 얼굴로 고개를 갸웃했다. 고3으로서 이런 지식 상태는 위험했다. 자칫하면 졸업하지 못할 가능성도 있다.

"논다면 사이토를 빼고 가는 게 즐겁지 않을까?"

"넌 인정사정없이 내쳐 버리는구나."

아카네가 팔짱을 끼고 사이토를 노려보았다.

"뭐야? 여자애들한테 둘러싸인 채로 놀고 싶어? 속으로 잘만 하면 둘 정도는 낚을 수 있겠다고 생각하는 거지?"

"그럴 리가 없잖아."

"아니, 분명해! 네가 생각하고 있는 건 훤히 보인다고! 눈에 '성욕'이라고 적혀 있어!"

"안구에 한자가 새겨져 있다니 완전 폼나네."

사이토가 가진 남심이 크게 흔들렸다.

"그래도 뭐, 확실히 여자들끼리 가는 편이 더 재미있겠네. 난 사양해 둘게."

"오빠는 말에 끌고서라도 데려갈 건데?"

"서부극 형식 고문이냐?"

마호가 신이 난 얼굴로 말했다.

"오빠의 두 손 두 발을 각각 네 마리 말에 동여매서~."

"죽어, 죽는다고! 사지가 찢어지는 형이잖아, 그거!"

유럽의 중세에서 내려오는 악습에 사이토는 몸서리쳤다.

"나도, 사이토랑 같이 갈 수 있으면 좋을 것 같은데……."

히마리가 수줍은 얼굴로 전했다.

"언니, 안 돼……?"

"아카네, 부탁이야……."

"으윽……."

사랑하는 여동생과 소중한 단짝의 부탁에 망설이는 아카네.

"어, 어쩔 수 없지! 말로 끌고 가는 정도라면 괜찮아!"

허가를 내준 아카네에게 마호와 히마리가 달려들었다.

"신난다! 언니, 고마워!"

"하나도 안 신나!"

"아카네 상냥해~!"

"상냥함은 한 톨도 없잖아!"

"연습을 위해 오늘 안에 일단 사이토를 말로 갈가리 찢어놔야겠네."

"연습이 바로 실전이잖아!"

사이토는 당장 집으로 돌아가 벽장에 틀어박히고 싶었다. 무기와 방어구를 갖춘 뒤 난공불락의 바리케이드를 치고 싶었다.

"그럼 어디로 놀러 갈까?"

히마리가 모두의 얼굴을 둘러보았다.

"도서관이 좋지 않을까?"

"그건 공부지."

"뭐야, 넌 무슨 아이디어 있어?"

"서점이라든가."

"거의 똑같잖아!"

파지직, 사이토와 아카네 사이에 불꽃이 튀었다.

마호가 어깨를 으쓱했다.

"정말이지~, 언니랑 오빠는 공붓벌레 커플이구나~."

""공붓벌레 커플?!""

생각지도 못한 표현에 사이토와 아카네는 충격을 받았다. 부부긴 하지만 커플은 아니고, 애초에 아카네는 몰라도 자신은 공붓벌레가 아니라고 사이토는 생각했다.

시세이가 손을 들었다.

"시세는 어시장에 가고 싶어."

"사회 견학? 황금 같은 휴일인데 시짱도 공부하고 싶어?"

"아니. 어시장의 상품을 전부 먹을 거야."

진심 어린 눈. 그리고 진심 어린 침이 흘렀다.

"시짱은 먹는 걸 굉장히 좋아하는구나."

"좋아해. 마호도 먹고 싶어."

"아잉~♪. 당연히 좋아~! 날 얼마든지 먹어줘~♪."

"오늘 밤은 어때?"

"꺄아~! 시짱, 너무 성급해~♪."

식욕과는 별개의 이야기라고 생각한 것인지 마호가 어깨를 들썩였다. 시세이와 그녀 사이에 심각한 커뮤니케이션 착오가 발생하고 있다. 오늘 밤이라는 것도 시세이에게는 저녁밥이라는 의미일 것이다.

사이토는 마호의 어깨를 움켜쥐고 진지한 얼굴로 고개를 저었다.

"농담이라도 시세한테 그런 말은 하면 안 돼. 절대로."

"오, 오빠……? 얼굴이 무서운데……?"

당황한 얼굴을 지어 보이는 마호. 얄미운 소녀이긴 해도 쥐도 새도 모르게 시세이의 위장 속으로 사라져 버리는 일은 사이토도 막고 싶었다.

"그나저나…… 서점도 도서관도 어시장도 안 된다면 어디로 가야 하나……."

"저기, 지금까지 나온 곳은 전부 놀러 가는 장소가 아닌 거 같은데……."

히마리가 실로 타당한 지적을 했다. 사실 사이토 역시 서점에 가면 책을 사서 바로 돌아가 독서를 시작할 테니 그저 쇼핑에 불과했다.

마호가 힘차게 손을 들었다.

"저요, 저요! 난 놀이공원이 좋아!"

"노, 놀이공원……?"

삐걱, 하고 아카네가 소리를 냈다. 평범한 인류에게서 날 수 있는 소리는 아니었다.

"역시 데이트라고 하면 놀이공원이잖아? 관람차도 있고
회전목마도 있고 회전 컵도 있고!"

"데이트?! 이거 사이토랑 하는 데이트야?!"

눈을 빛내는 히마리.

주먹을 들어 올리는 마호.

"맞아! 집단 데이트야! 오빠랑 함께 로맨틱한 회전목마
를 타고 은근슬쩍 엉덩이를 만지거나 하는 거야!"

"로맨틱이 깨지니까 타는 동안만큼은 참았으면 좋겠지
만……. 재밌겠다, 놀이공원! 나도 가고 싶어!"

"시짱은?"

마호가 시세이에게도 물어본다.

"추로스, 구슬 아이스, 팝콘, 핫도그, 소프트크림……."

시세이는 꿈에 젖은 소녀처럼 먹을 것에 대해 생각했다.

"괜찮은 것 같네!"

"시세는 먹을 것만 있다면 밀 창고라도 상관없어."

"요리는 안 해도 돼?"

"돼. 밀밭이라도 상관없어."

"시짱은 겉보기랑은 다르게 와일드하구나~!"

마호는 감탄했다.

"언니는 어때? 놀이공원 괜찮아?"

"그래…… 괜찮아. 우선…… 아버지랑 어머니께 작별 인

사를 전하고 올게……."

아카네는 사지로 향하는 병사의 얼굴이었다. 핏기가 가신 얼굴로 덜덜 떨고 있다.

"왜 그래? 어디 아파?"

"안 아파……. 운이 나쁠 뿐이야……. 그래, 태어난 이후로 쭉……."

인생을 포기한 자의 얼굴이다. 놀이공원 같은 신나는 장소를 향하는 여고생의 표정은 아니었다.

약속 장소는 역에서 조금 떨어진 가로수길이었다.

4차선 도로 양쪽으로는 돌로 된 인도가 정비되어 있고 동일한 간격으로 화단이 놓여 있다. 역으로 향하는 행인들이나 달리기를 하는 사람들이 왕래하는 길이었다.

사이토가 도보로 도착했을 땐 이미 아카네, 히마리, 마호가 마중 올 차를 기다리고 있었다. 차는 시세이의 집에서 보내주기로 했다.

행선지가 놀이공원이라는 점도 있어서 그런지 휴일의 태양 아래 드러난 소녀들의 복장은 화려했다.

자신이 그 속에 섞이는 것에 사이토는 약간의 위화감을 느꼈다.

아카네는 눈이 번쩍 뜨일 만한 빨간색 원피스를 입고 대비가 선명한 검은색 샌들을 신은 채 불안한 모습으로 서 있었다.

얼마 전 사이토와 외출했을 때와는 또 다른 분위기지만 성격도 외모도 화려한 아카네에겐 잘 어울렸다.

"……빤히 쳐다보지 마."

아카네가 언짢은 얼굴로 사이토를 노려보았다.

"너 보고 있던 거 아닌데. 자의식 과잉이야?"

"뭐?! 싸움을 건다면 받아주겠어! 지금 당장 세상을 불바다로 만들어줄 테니까!"

"얼마나 큰 싸움을 벌일 생각인데."

"지구가 두 동강 날 규모로!"

"너무 크잖아……."

오늘도 잘 어울린다, 라는 말을 모두의 앞에서 할 수 있을 리가 없다. 우리는 천적이다. 만에 하나라도 관계를 의심받는다면 곤란했다.

"자자, 두 사람 모두. 기껏 놀이공원까지 왔으니까 사이좋게 지내자~."

구원의 여신, 그러니까 히마리가 중재에 나섰다.

평소 교복도 감각 있게 입는 그녀였지만, 사복에 대한 센스도 뛰어났다. 주름진 얇은 천으로 되어 있는 오프숄더로 어깨와 팔이 대담하게 드러나 있다. 바지는 허벅지가 드러난 쇼트 팬츠. 무릎까지 오는 롱부츠는 무척 세련됐다.

"오빠, 오늘의 마호는 어때? 귀여워? 완전 최고지?"

당연하다는 듯 찬사를 요구해오는 마호는 자신에게 어울리는 완벽한 코디를 하고 왔다. 어깨끈이 달린 배꼽 드러난 상의. 흘러넘치는 요염함에 감싸인 잘록한 허리가 눈에 들어왔다.

"넌 아카네보다 히마리의 동생처럼 보이네."

"그럼 언니와 난 피가 섞이지 않았으니까 결혼할 수 있다는 거야?! 신난다~! 언니, 결혼하자! 아이는 5,000명 정도 갖고 싶어!"

"어, 어? 무슨 말이야?"

이야기의 흐름을 따라가지 못한 아카네는 당황한 얼굴이었다.

이 악귀를 당황하게 하다니 강자로구나……

사이토는 속으로 감탄했지만, 자신도 따라갈 수 없을 것 같아 궤도를 수정했다.

"히마리와 마호가 옷을 비슷하게 입는다는 뜻이었어."

"아~, 그런 거구나! 히마링은 내 스승이니까!"

"엑?! 내가 어느 틈에 선생님이 된 거야?!"

히마리도 흐름을 따라가지 못해 당황하고 있다.

"왜, 내가 병약 절세 미소녀였던 시절 히마링이 자주 우리 집에 병문안을 와줬잖아."

절세 미소녀라고 자칭하는 거리낌 없는 뻔뻔함이 마호

의 저력이었다. 그 대화 방식엔 익숙해진 것인지 히마리는 별다른 지적 없이 대답했다.

"그랬었나?"

"그랬어~! 가족 외의 사람이랑 대화할 기회는 거의 없었으니까 히마링이 유일한 바깥 세계였지. 그래서 히마링의 멋진 모습이나 기운 넘치는 부분을 엄청 동경했었어! 언젠가 나도 저런 언니가 되면 좋겠다, 하고!"

"아하하……. 동경한다는 말을 들으니까 어쩐지 부끄럽네……."

히마리가 낯간지러운 듯 뺨을 긁적였다.

"과연……. 마호가 성희롱 변태인 것도 히마리를 흉내 낸 결과라는 건가?"

"정답!"

엄지손가락을 척 들어 올리는 마호.

"아니, 아닌데?! 오해하지 마, 사이토?!"

"글쎄……. 히마리도 상당한 성희롱 변태 기미가 보이는데……."

"오해야~!"

히마리는 사이토의 팔에 매달려 필사적으로 주장했지만, 그 탓에 가슴이 착실하게 짓눌리고 있었기에 설득력이 없었다.

사이토 일행이 그런 대화를 나누며 기다리고 있는데, 가로수길에 차가 달려오더니 멈춰 섰다. 열 명은 편안하게 태울 수 있는 긴 리무진. 잘 닦여진 하얀색 차체에는 고급스러움이 넘쳐흘렀다.

코팅된 유리창이 열리며 시세이가 얼굴을 드러냈다.

"안녕. 나 왔어."

"엑?! 시세이 집 차가 이거야?!"

히마리가 눈을 휘둥그레 떴다.

"이거야."

고개를 끄덕이는 시세이.

마호가 꺅꺅거리며 차에 달려들었다.

"우와! 우와! 리무진이잖아! 나 처음 봤어! 시짱은 정말 아가씨구나!"

"시세의 집도 완전히 고딕 호러 장르에 나올 법한 저택이야."

언제 흡혈귀가 나타나도 이상하지 않은 느낌이랄까. 수수께끼의 미형들만이 모여 사는 시세이 일가가 사실은 흡혈귀였다고 해도 위화감이 없을 정도였다.

여느 때와 다름없는 그 메이드 운전사가 문을 열어주었고, 사이토 일행은 리무진에 올랐다.

넓은 소파석을 본 마호가 양손을 뻗어 몸을 던졌다.

"대박이다~! 푹신푹신해! 좋은 냄새! 버스처럼 넓어! 나 이제 여기 정착할래!"

"정착하지 마. 죽을 거다."

도로를 경주용 코스라고 생각하는 메이드가 운전사로 있는 한 이곳은 안주할 수 없는 곳이다. 역시 대중교통을 이용했어야 한다며 사이토는 후회했다.

"씩씩한 친구들이네. 오늘은 우리 시세이와 놀아줘서 고맙구나."

앞쪽 좌석에 시세이의 어머니인 레이코가 다리를 꼰 채 앉아 있었다. 위아래로 정장을 깔끔하게 차려입은 비즈니스 모드다.

"시짱의 어머님?! 장난 아니게 미인이시다~!"

"고마워. 너도 귀엽단다."

"헤헤, 자주 들어요~!"

미소 짓는 레이코와 솔직하게 기뻐하는 마호.

"넌 위험은 없어 보이는구나."

"위험? 무슨 뜻이에요? 전 위험한 여자인데요?"

"일단 방해는 안 될 것 같다는 이야기란다."

"……?"

함축적인 레이코의 말에 마호가 고개를 갸우뚱했다.

히마리가 긴장한 기색으로 인사했다.

"처, 처음 뵙겠습니다! 이시쿠라 히마리입니다! 신세를 지게 됐습니다!"

"반가워. 시세이에게 이야기는 들었어. 반 아이들 마음을 사로잡는 게 능숙하다던데?"

"그렇지는 않은데……."

"하지만 사이토의 마음은 사로잡지 못한 것 같네."

"아……."

"고모?!"

사이토가 흠칫 놀랐다.

"본 그대로 말한 것뿐인데, 실례가 됐나?"

"아뇨……."

몸을 움츠리는 히마리.

"고모도 놀이공원에 가?"

사이토의 물음에 레이코는 우아하게 어깨를 으쓱했다.

"시간이 되면 같이 놀고 싶긴 한데, 아쉽게도 상담이 있어서 도중에 내려야 해. 잠시 사이토 친구들의 얼굴을 좀 봐두고 싶었을 뿐이야."

"내 친구? 시세가 아니고?"

"그래. 사이토 널 말하는 거란다."

레이코가 차내의 면면을 둘러보았다.

그 시선을 받은 아카네가 몸을 움찔 떨었다.

"처음 뵙겠어요, 사쿠라모리 아카네 씨."

"처, 처음 뵙겠습니다……."

"넌 사이토와 사이가 나쁘지 않니? 이런 쉬는 날에 일부러 따라오다니 무슨 바람이 분 걸까?"

"그건⋯⋯ 다 같이 가자는 이야기가 나와서⋯⋯."

"흐음⋯⋯. 그러니까 사이토와 얼굴을 마주하는 것이 불쾌해도 참을 수밖에 없었다, 그런 거네?"

"네⋯⋯."

기분 탓일까. 사이토는 레이코의 목소리에서 가시 같은 것을 느꼈다. 평소엔 지나치게 상냥할 만큼 애정 넘치는 레이코인데, 어쩐지 상태가 이상했다. 사적인 모습의 레이코라기보단 회사에 있을 때의 도깨비 사장 같았다.

그리고 차에 탄 후 아카네도 묘하게 위축되어 있다. 정말 이 두 사람은 처음 만나는 걸까. 사이토가 모르는 곳에서 무슨 일이 있었던 것은 아닐까.

어색한 분위기에 소녀들도 불편해했다. 누가 봐도 즐거운 놀이공원으로 향하는 자동차라고는 생각되지 않았다.

사이토는 레이코 옆에 앉아 속삭였다.

"고모, 애들 너무 괴롭히지 마."

"괴롭힌 적 없는데? 네 보호자로서 친구를 확인한 것뿐이란다. 소중한 조카가 이상한 애들과 어울리면 큰일이잖니?"

생각해 보니 옛날부터 고모는 다소 과보호하는 면모가 있었다. 특히 사이토의 친구 관계에 대해서는 상당한 빈도로 탐색을 했다. 조카를 방치하고 있는 오빠 대신 사이토를 지켜야 한다는 생각 때문이겠지.

"걱정해주는 건 고맙지만⋯⋯ 살살 좀 부탁해."

"어쩔 수 없지. 사이토의 체면을 생각해서 오늘은 넘어가 줄게."

"오늘은, 이라니⋯⋯."

사이토는 앞날이 걱정되기 시작했다.

리무진이 놀이공원에 도착했다.

여전히 난폭한 운전에 사이토와 아카네는 녹초가 되어 있었다. 이미 롤러코스터를 탄 기분이었지만 다른 소녀들 은 태연했다.

"도착했다! 놀이공원이다! 잔뜩 놀아야지~!"

"좋아~!"

입장 게이트에서부터 요란하게 소리치며 기합을 넣는 마호와 히마리. 그 화려한 외양까지 어우러지니 놀이공원 의 프로라는 느낌이 물씬 풍겼다.

마호가 사이토에게 팔을 감아왔다.

"오빠, 가자! 마호와 알콩달콩한 데이트의 시작이야! 일 단 오늘 할당량은 키스 백 번!"

"할당량을 정해서 하는 키스에 어디가 즐거운 건데⋯⋯."

"그건 할당량과 상관없이 키스하고 싶다는 뜻?! 횟수는 적어도 농밀하게 불타오르는 키스가 하고 싶다는 뜻?! 맡 겨줘! 우우~!"

"가까이 오지 마, 이 빨판녀야!"

문어처럼 입을 쭈욱 내민 채 다가오는 마호를 사이토가 아이언 클로 기술로 막았다. 성가시기 짝이 없지만 막 다뤄도 굴하지 않으니 동성을 상대하는 느낌이 들어 마음은 편했다.

히마리가 풀죽은 얼굴로 물었다.

"저기, 사이토랑 마호는 무슨 사이야?"

"내가 고백하고 오빠가 OK한 관계야! 요컨대 연인이지!"

"사, 사이토……? 축하한다고 말해주면 될까……?"

몸을 떠는 히마리.

"OK한 적 없어! 사실을 날조하지 마!"

"이상하네……. 내 기억 속에서는 분명 OK를 받았는데. 금혼식도 치렀고, 손자도 증손도 잔뜩 있는데…….."

"이상한 건 네 기억이겠지."

사이토는 백 년 후로 타임 슬립한 기분이었다.

"하지만 고백받은 건 사실이지?"

히마리가 확인했다.

"……뭐."

"히마링과는 사랑의 라이벌이라는 거지! 이대로 오빠는 내가 차지하겠어!"

마호가 사이토의 팔을 잡고 끌고 가려고 했다.

"나, 나도 안 질 거야!"

사이토의 다른 팔에 히마리가 매달렸다.

"오, 히마링 의욕이 넘치네~. 스승이라고 해서 안 봐줄 거다?"

"바라던 바야! 사이토는 어느 쪽이 좋아?"

"당연히 나겠지~?"

"나지?"

마호와 히마리가 사이토의 팔을 꽉 감싸 안은 채 좌우로 거리를 좁혀왔다.

두 사람 다 노출이 많은 복장이라 자극이 강했다. 온몸에 치장된 액세서리 소리, 히마리의 어른스러운 향수와 마호의 달콤한 향기가 뒤섞여 사이토의 비강을 괴롭혔다.

"떨어져, 더워 죽겠어!"

"아하하, 오빠도 참 부끄러워하긴~."

쿡쿡, 마호가 사이토의 뺨을 찔렀다.

"사실은 기쁘지, 사이토?"

히마리가 귓전에 대고 속삭여왔다.

"부끄럽지도 않고 기쁘지도 않아!"

그렇게 단언하면서도 싫지 않다는 점이 괴로운 부분이었다. 마호도 히마리도 너무나 매력적인 소녀였다.

그런 사이토의 복잡한 심경이 얼굴에 드러난 것일까.

"……최악이야."

아카네에게서 싸늘한 경멸의 말이 날아왔다.

이것은 평소의 욕보다 백배는 심했다. 사이토는 자신이 폐기되어야 할 인류의 쓰레기가 된 것 같은 착각에 빠졌다. 어디에도 아군은 없는 것인가, 그런 소외감에 휩싸였다.

매표소 쪽에서 시세이가 티켓을 들고 뛰어왔다.

"오빠. 자유이용권 다 사 왔어."

"……기특하구나."

"꿉."

사이토는 무심결에 시세이를 끌어안았다. 시세이가 뭉개지는 소리가 들렸지만, 신경 쓸 겨를이 없었다. 저마다 제멋대로 날뛰는 와중에 이 여동생만은 모두를 생각해주고 있었다. 역시 이 세상에 아군은 시세이밖에 없다.

"가자, 시세! 놀이공원에서 전력으로 노는 거야!"

"음. 식량고부터 직원까지 전부 먹어치울 거야."

목적에 충실한 시세이의 손을 잡고 사이토는 입장 게이트를 지나갔다.

티켓을 스캐너에 찍은 뒤 차례로 게이트를 지나갔다. 들어오자마자 보이는 광장에는 태양을 본뜬 조형물이 우뚝 솟아 있었고, 태양에서 사방으로 분수가 뿜어져 나오고 있었다.

조형물 앞에는 놀이공원의 마스코트처럼 보이는 인형탈이 관람객들을 맞이하며 촬영을 해주고 있었다. 쓸데없이 눈매가 사나운 고양이였다.

아카네가 눈을 빛냈다.

"귀여운 고양이가 있어! 기념 촬영 부탁하자!"

"귀여워……?"

사이토가 의문을 제시했다.

"귀엽잖아! 안구 건조증에 걸릴 것처럼 부릅뜬 눈이라든가, 사악한 일을 꾸미고 싶은 것처럼 치켜 올라간 입매라든가!"

"그게 귀여운 건가?"

"반대로 귀엽지!"

"어차피 안에 든 건 아저씨야."

"왜 넌 꿈나라에서 꿈을 부수러 오는 거야?!"

아카네가 울먹였다.

마호가 까불거리며 검지를 흔들었다.

"쯧쯧쯧, 안 되겠네~, 오빠. 인형탈 속에 사람은 없어."

"그럼 안에 뭐가 들어 있는데."

"그야 당연히 내장이지!"

"더 섬뜩한데?!"

"섬뜩하지 않아! 우린 모두 평등하게 내장이 들어있는 존재라고!"

"간…… 맛있어……."

주르륵 군침을 흘리는 시세이.

"거기서 식욕 드러내지 마."

사이토는 위협을 느끼고 배를 보호했다. 이 순진한 여동생은 아직 먹어도 되는 것과 먹어서는 안 되는 것을 확실하게 구분하지 못하는 경향이 있었다.

히마리가 입가에 손을 갖다 댄 채 고민한다.

"음, 내용물이 아저씨만 있는 건 아니지 않을까? 나도 알바로 인형탈 쓴 적 있거든."

"다양한 알바를 하고 있구나."

"뭐, 그렇지! 돈 벌 수 있는 일은 거의 다 해본 것 같아!"

잘 놀 것 같은 외모에 비해 착실한 소녀였다. 알뜰살뜰한 아카네가 단짝으로 고른 만큼 경제 감각은 탄탄할 것이다.

아카네가 필사적으로 열변을 토했다.

"내용물을 생각해도 소용없잖아! 저건 고양이! 그리고 안에도 고양이가 들어가 있어! 게다가 그 안에도 고양이가 들어 있어! 순도 100%의 고양이라고!"

"마트료시카냐."

사이토는 양자 레벨의 고양이가 난무하는 상자를 상상했다.

"어쨌든 기념 촬영! 저 고양이를 카메라에 담지 않으면 전쟁 사진작가의 이름이 울 거야!"

"넌 언제 전쟁 카메라맨이 됐는데?"

어지간히도 정신이 팔린 것인지 아카네는 대꾸도 하지 않고 고양이 인형탈 쪽으로 달려갔다. 가까이 있는 직원에게 스마트폰을 건네고 함께 사진을 찍어달라고 부탁했다.

고양이 인형을 가운데 두고 사이토와 아카네가 좌우로 늘어섰다.

사이토의 양팔에 마호와 히마리가 매달리고 사이토의 가슴에 박을 기세로 시세이가 뒤통수를 밀어붙였다. 사이토 주변에만 묘하게 인구밀도가 높았다.

스마트폰 카메라를 든 여성 직원이 웃었다.

"오빠분이 인기 많으시네요."

"인기 안 많습니다."

바로 부정하는 사이토. 히마리는 둘째치고 시세이는 여동생이고 아카네는 아내에 마호는 아내 동생이다. 거의 가족여행이다.

마호가 쓸데없는 정보를 흘렸다.

"여자 엄청 울리고 다녀요~! 이 중에서 두 명이 오빠한테 고백했고 두 명이 오빠랑 잤거든요!"

"잠깐, 야!"

사이토는 밀고자의 입을 막으려 했으나 마호는 낄낄 웃으며 도망쳤다. 시한폭탄이 따로 없다.

"사이토?! 함께 잔 두 명은 누구야?!"

히마리가 얼굴을 붉힌 채 추궁했다.

"시세야……. 어렸을 때……."

사이토가 간신히 답을 쥐어짜냈다.

"또 한 사람은 누군데?!"

"그런 녀석은 없어. 있을 리가 없잖아……."

"그 이야기 자세히 좀 듣고 싶은데?!"

히마리가 감싸 안은 사이토의 팔이 압력으로 떨어져 나갈 것 같았다.

아카네가 패닉에 빠져 또 괜한 말을 뱉지는 않을까 걱정했지만, 그녀는 꿈을 꾸는 눈빛으로 고양이 인형탈을 바라보고 있느라 이쪽의 싸움은 눈치채지 못한 것 같았다. 다들 꽤 큰 목소리로 말하고 있는데도 그녀에게는 고양이가 더 중요한 것 같았다.

인형탈 속에서 남자의 낮은 목소리가 들려왔다.

"……죽어 버려."

"?!"

흠칫 놀라 소리의 근원을 확인하는 사이토.

착각이 아니라면 지금 그 저주의 말은 인형탈 안에서 들린 것이다. 짙은 원망의 소용돌이가 인형 곳곳에서 배어 나오고 있다.

대체 어디가 귀여운 고양이라는 것인가. 이 인형탈은 앙심을 품은 화신이다. 그런데도 소녀들은 저주의 말에 아무 반응을 보이지 않고 있다.

——내게만 들리는 주파수로 욕을 한 건가?! 놀이공원에서 미지의 기술에 관한 실험을……?!

사이토는 음모론에 사로잡힐 지경이었다.

그러는 동안 스마트폰을 든 직원이 우리를 불렀다.

"자, 여러분. 다 되셨나요? 찍습니다~?"

"일억 년 전부터 준비됐어요!"

"그럼 이미 화석이야!"

아카네의 의욕은 충만했다.

이 촬영에 인생을 건 사람처럼 숄더백에 손을 걸치고 몸을 기울이며 사진이 더 잘 받을 만한 각도로 얼굴을 숙인 채 반듯한 표정으로 기다리고 있다.

그때 사이토는 목격하고 말았다.

사악한 파동을 흩뿌리던 고양이 인형탈이 아카네의 허리에 손을 감더니, 입맛을 다시며 그 손을 엉덩이 쪽으로 내리는 모습을.

"그 녀석한테서 떨어져!"

사이토가 아카네의 손을 잡아당겨 인형에서 떼어냈다.

동시에 울리는 카메라 셔터 소리.

"뭐야?! 왜 방해하는 거야?!"

아카네가 사이토에게 으르렁댔다.

"저 인형탈이 너한테 성희롱을 하려고 했으니까!"

"뭐?! 고양이가 성희롱 같은 걸 할 리가 없잖아!"

"그 녀석은 고양이가 아니야!"

"고양이야!"

말다툼을 하는 두 사람 앞에서 인형탈이 발뒤꿈치를 들고 포즈를 취해 보인다. 양손을 벌려 발바닥을 강조하며 냐앙~ 하고 가증스러운 웃음을 흘린다.

"이거 봐! 고양이 맞잖아!"

분개하며 주장하는 아카네.

──이 자식이!

사이토는 인형탈을 후려치고 싶은 충동에 휩싸였지만, 아카네가 인형탈을 감싸는 위치에 포진하고 있어 어쩔 도리가 없었다. 그 뒤에서 인형탈이 사이토를 향해 중지를 치켜들고 있었다. 더는 악의를 숨길 생각도 없는 모양이었다.

"확인 부탁드립니다."

직원이 스마트폰을 들고 달려왔다.

화면에 표시된 사진에는 사이토가 아카네의 손을 잡은 모습이 찍혀 있었다.

"이, 이거 다시 찍어 주세요!"

아카네가 새빨간 얼굴로 외쳤지만, 직원이 고개를 숙여 보인다.

"죄송합니다. 뒤에 기다리시는 분들이 많아서요……."

"아……."

조형물 주위로 사진 촬영을 기다리는 손님들이 줄을 서고 있었다. 게다가 그들의 시선이 묘하게 아프다. 금방이라도 돌을 던질 것 같은 살기를 띤 채 사이토를 노려보고 있었다.

"이거면…… 됐습니다……."

아카네는 고개를 떨군 채 조형물에서 멀어졌다.

심하게 풀이 죽은 모습에 사이토는 알 수 없는 죄책감에 사로잡혔다.

"뭔가…… 미안. 마음에 안 들면 지워도 돼."

"그렇게까지 할 필요는 없어. 난 평생 이 지울 수 없는 추억을 안고 살아갈 거니까……."

아카네는 의연하면서도 연약하게 웃어 보였다.

──인형탈 아저씨가 엉덩이를 만지게 놔뒀어야 했나?

사이토는 자신의 선택에 의문이 들었다.

애초에 아카네가 성희롱을 당하든 말든 사이토와는 아무래도 상관없는 일이다. 그런데 어째서인지 손이 먼저 나가버렸다.

"뭐…… 어쩔 수 없지."

아카네는 사진을 보며 어깨를 으쓱하고는 스마트폰을 숄더백에 집어넣었다. 크게 화내는 기색을 보이지 않는 것은 의외였다.

"저기 있지, 빨리 뭔가 타자!"

마호가 사이토의 팔을 잡아끌었다.

히마리가 가이드 맵을 보며 안내했다.

"근처에 정글 워터라이드라는 게 있대. 급류타기 같은

건가 봐. 우선 그거 먼저 탈까?"

"물에 빠지면 어떡해?!"

아카네는 진지한 얼굴이었다.

"큰 곤돌라를 타고 흘러가는 거니까 괜찮아."

"빙산에 부딪칠 수도 있고……."

"타이타닉이냐."

"정글이니까 악어한테 습격당할지도 모르고……."

"안심해. 테마파크 정글에 악어는 없어."

"왜 그래, 언니~! 겁먹지 마~!"

"거, 거거거거겁먹은 적 없어!"

확실하게 겁에 질려 있는 아카네의 등을 마호가 인정사정없이 밀고 나갔다.

때마침 5인승의 둥근 곤돌라가 승강장으로 흘러 들어왔다. 앞 손님들이 "장난 아니다~" "죽는 줄 알았어" 같은 말과 함께 흥분을 가라앉히며 내리고 있었다. 상당히 많은 물보라를 뒤집어쓴 것인지 머리도 바지도 흠뻑 젖은 상태다.

"이거, 죽는 거야……?"

아카네가 진심으로 걱정했다.

"안 죽어, 안 죽어. 엄청 안전한 합법적 스릴이야."

"잠깐만, 과거의 사고율을 인터넷으로 조사해볼게."

"그런 걸 조사하면 못 타지 않을까……?"

우려하는 히마리.

"손님~! 곤돌라가 가 버려요~!"

직원의 재촉에 사이토 일행 5명이 곤돌라에 올라탔다.

대량의 물에 의해 떠밀리며 곤돌라가 승강장에서 인공 강을 향해 출발했다.

정글의 분위기를 연출하기 위해서인지 강의 양 연안에는 호랑이와 재규어 등 맹수의 모형이 배치되어 있었다. 강바닥에서 가짜 악어도 떠오르며 코로 물을 내뿜고 있다.

"오빠, 물고기. 물고기가 있어."

시세이가 침을 흘리며 곤돌라에서 몸을 내밀었다.

"……떨어지면 안 돼."

사이토는 시세이를 무릎 위에 앉히고 가둬두었다.

"역시 낚시 그물을 가져올 걸 그랬어."

"놀이공원 어트랙션에서 그물잡이하는 거 아니야."

"손으로 한 마리 잡았는데 먹을래?"

꿈틀꿈틀 움직이는 수수께끼의 생명체를 시세이가 사이토의 입가로 들이밀었다. 섬모가 무수히 자라나 있는 모습이 아무리 봐도 물고기는 아니었다.

"그 녀석을 나한테 들이대지 마!"

"아—."

사이토는 곧바로 그 생명체를 빼앗아 멀리 날려버렸다. 가족이나 친구에게 기생하는 위험은 어떻게든 피하고 싶었다.

마호가 사이토의 팔을 잡아끌었다.

"오빠, 오빠! 저쪽에 코끼리가 있어! 다 같이 단체 체조를 하면서 춤추고 있어!"

"그게 무슨 말도 안 되는……."

어차피 마호의 허풍이겠거니 생각하며 돌아본 사이토였지만, 진짜였다.

코끼리 집단이 단체 체조를 하면서 춤을 추고 있었다. 첫 번째 단에는 세 마리의 코끼리가 늘어서 있고, 두 번째 단엔 두 마리, 맨 위엔 왕관을 쓴 코끼리가 늠름한 자세로 서서 허리를 극심하게 흔들고 있다. 최상단에 있는 코끼리 코는 스프링클러가 되어 물을 흩뿌리고 있다.

"이 어트랙션 콘셉트는 대체 어떻게 되어 먹은 거야!"

사이토는 미래의 경영자 지망으로서 놀이공원 경영자에게 따지고 싶은 심정이었다.

정글로서의 리얼리티를 내고 싶은 것인지, 판타지 세계로 방문객을 현혹하고 싶은 것인지 확실히 해 줬으면 좋겠다.

"이대로면 저 아래로 지나가는 거 아냐?! 전부 다 젖을 텐데?!"

"그러고 보니 입구에서 비옷을 팔고 있었던 것 같은데, 사줄까?"

히마리가 제안했다.

"지금은 이미 늦었잖아!"

"난 곤돌라를 탈출하겠어!"

"탈출하는 쪽이 더 젖거든!"

사이토는 아카네의 옷깃을 잡아 쥐고 경솔한 다이빙을 제지했다.

"뭐, 어때! 모두 함께 젖어버리는 거야! 야호!"

"야호."

마호와 시세이가 신나서 주먹을 들어 올렸다. 곤돌라가 코끼리 코 스프링클러 사정권으로 돌진했다.

예상외로 거센 물보라가 곤돌라를 덮쳤다. 이것은 스프링클러라고 부를 수 있는 영역이 아니다. 토네이도다.

"오빠……. 언젠가 다시 만나자……."

"죽지 마!"

거센 물 폭풍에 휩쓸릴 뻔한 시세이를 사이토가 꼭 끌어안았다.

마호와 히마리는 함성을 지르고 아카네는 비명을 내질렀다. 시야가 차단되어 모두가 혼란에 휩싸였다.

"지금 누가 내 엉덩이 만졌지?! 사이토야?!"

"나 아니야! 내 엉덩이도 누가 만지고 있어!"

"아, 그거 나야, 나!"

"너였냐!" "너였구나!"

거센 소용돌이에 놀아나는 곤돌라 위에서는 거리낌 없

는 성희롱조차 막을 길이 없었다. 분노한 대자연 앞에 인류는 무력하고, 법 또한 무력하다.

결국 모두가 쫄딱 젖은 채 곤돌라에서 내려와야 했다.

마호의 셔츠는 피부에 달라붙어 속옷 모양까지 비쳐 보였다. 드러난 어깨나 허벅지를 타고 흘러내리는 물방울이 요염했다.

그런 상태에서도 마호는 질린 기색도 없이 반바지의 양 끝을 손으로 들어 올렸다.

"아하하, 재밌었다! 팬티까지 전부 젖었어~♪."

"마호! 그런 이상한 소리 하는 거 아니야!"

"그치만 사실인걸. 언니 팬티도 다 젖었지?"

"그만해!"

아카네는 마호를 잡으려 했지만 마호는 웃으며 도망갔다.

그녀들의 젖은 모습이 가급적 시야에 들어오지 않도록 사이토는 고속으로 안구를 회전시켰다. 그 눈물겨운 노력에도 불구하고 아카네가 사이토를 노려보았다.

"여기 보지 마! 모두의 옷이 마를 때까지 눈 뜨지 말고 있어!"

"그럼 난 어떻게 걸어?"

"쓸 수 있잖아, 초음파."

"쓸 수 있겠냐!"

손을 드는 시세이.

"시세는 쓸 수 있어."

"진짜?!"

시세이라면 혹시, 하고 생각해 버리는 사이토.

"난 딱히…… 사이토라면 봐도 괜찮은데……?"

수줍게 중얼거리는 히마리는 젖은 옷이 가슴에 달라붙어 주름을 만들고 있었다. 두 과실의 존재감이 평소보다 더 두드러졌다. 물을 머금은 잔머리가 볼에 붙은 모습조차 요염하다.

마호가 턱을 짚었다.

"호오? 즉 히마링은 오늘 밤 오빠의 꿈에 에로 담당으로 등장하고 싶다는 거구나?!"

"엑?! 그건…… 하지만 좀 기쁠지도."

"히마링 야해~!"

"정말~! 야한 거 아니야!"

서로 양손을 잡은 채 뛰어다니는 마호와 히마리.

찰떡궁합인 소녀들끼리 흥이 난 건 좋지만, 화제에 오르고 있는 사이토로서는 고역이 따로 없었다.

심지어 아카네에게선 살의가 담긴 눈초리가 쏟아지고 있다.

"……변태."

"나 아무 짓도 안 했지?!"

사이토는 온 힘을 다해 결백을 주장했다.

"어차피 나도 꿈속에서 야한 역할로 등장시켰겠지!"

"그런 일 따위 없…… 어……?"

없지는 않았다. 하지만 불가항력이니 용서해 달라고 사이토는 마음속으로 속죄했다.

"왜 말을 더듬는 거야! 역시 너…… 꿈속에서 나한테 바니걸 복장 같은 걸 입힌 거야?!"

벌벌 떠는 아카네. 상상의 레벨이 초등학생 수준으로 건전했다.

"그 정도면 괜찮잖아!"

"괜찮지 않아! 넌 오늘부터 잠들지 마!"

"말도 안 되는 소리 하지 마!"

사이토는 수면 없이 살 수 있는 초인이 아니었다. 아카네에 의해 침대를 봉쇄당한다면 다음 날 학교생활에도 지장이 간다.

"다들! 다음엔 저기 들어가자!"

마호가 가까운 건물을 가리켰다.

돔 형태의 지붕을 얹은 아담한 건물. 하얀 벽에 북극곰과 펭귄 그림이 그려져 있고 간판에는 '얼음관'이라고 적혀 있다.

"저기에…… 들어간다고……? 영하 30도의 세계라고 적혀 있는데."

"다 쫄딱 젖었는데 이대로 얼어버리는 거 아닐까……?"

사이토와 히마리가 주저했다.

"둘 다 뭘 모르네~! 얼어서 재미있는 거지!"

"뭐가 재밌는 건데!"

"됐으니까, 됐으니까! 모두 함께 레츠 동결!"

마호가 기세만으로 모두를 끌고 갔다. 어지간히도 놀이 공원을 좋아하는 것인지 오늘은 평소보다 더 기세가 올라 있어서 손쓸 방도가 없었다.

투명한 플라스틱 발을 제치고 들어가자 칼날 같은 냉기가 엄습했다. 젖은 옷이 곧바로 굳어간다.

내부에는 얼음 블록이 쌓여 벽을 만들고 있었다. 얽혀 있는 통로는 거의 미로에 가까웠다. 산타클로스와 순록 등 곳곳에는 얼음 조각이 놓여 있다.

마호가 벽에 손바닥을 대보더니 꺅꺅댔다.

"봐봐, 언니! 손이 벽에 붙어 버렸어!"

"그만해! 안 떨어지면 어떡하려고!"

"피부가 벗겨질 거야!"

"벗겨지면 곤란해!"

아카네가 조심스럽게 마호의 손을 벽에서 떼어냈다. 유리 세공품을 다루듯 부드러운 손길로 마호의 손을 감싸고는 열심히 문질러준다.

"괜찮아? 동상에 안 걸렸어? 아프진 않아?"

"괜찮아! 언니는 정말 걱정이 많다니까~!"

마호는 키득키득 웃더니 앞으로 나아갔다.

"정말이지……."

한숨을 내쉬는 아카네.

나란히 걷던 사이토는 감탄했다.

"언니 역할 꽤 잘하네."

"뭐야? 지금 내 인격을 공격하는 거야?"

"안 했어! 어떻게 들으면 그런 해석이 되는 건데!"

아카네는 슥 눈을 날카롭게 뜨며 사이토를 바라보았다.

"법원에서 만나시죠."

"뭔가 멋지지만, 소송은 좀 참아줘."

"그럼 지금 여기서 내가 판결을 내려줄게."

"사형 외의 판결은 없을 것 같은데."

"정답."

"정답이라고 하지 마."

일본이 법치국가라는 사실에 사이토는 진심으로 감사했다. 아카네 같은 폭군에게 지배당한다면 목숨이 열 개라도 모자랄 것이다.

"저기…… 시세이는 어디 갔어?"

히마리의 말에 사이토와 아카네가 멈춰 섰다.

"그러고 보니…… 아까부터 안 보이네……."

"먼저 간 거 아니야?"

"아까부터 맨 앞은 난데?"

돌아보는 마호.

"얼음관에는 모두 함께 들어왔지?"

"응. 사이토 옆에 있었는데."

아카네가 팔짱을 끼더니 탐정 같은 얼굴로 추리했다.

"백곰에게 잡아먹혔을 가능성도 있어……."

"그럴 가능성은 없어."

"절대 없다고 단언할 순 없잖아?! 백곰은 육식이라고!"

"절대 없어, 왜냐하면 백곰은 이 관에 없으니까."

사이토는 아카네의 그럴싸한 추리를 잘라냈다. 어트랙
션 안에서 흰곰 만남 코너 같은 것을 개최했다가는 손님들
의 피해가 끊이질 않을 것이다.

"시세! 어디 있어?! 시세!"

사이토가 불렀지만 돌아오는 것은 침묵뿐이다.

히마리가 창백해졌다.

"설마 시세이…… 조난당한 거 아냐……?"

"이런 좁은 공간에서?!"

사이토는 스마트폰을 꺼내 시세이에게 전화를 걸려고
했다.

"앗! 저기! 시짱 저기 있어!"

마호가 가리키는 곳을 보자 로프로 나누어진 전시 코너
에 시세이가 뒹굴고 있었다.

인형처럼 눈도 깜빡이지 않고 사지를 뻗은 채 굳어 있다.

긴 은발은 이미 얼음 바닥과 융합하기 시작해 마치 얼음의 정령 같았다. 그 뒤에서 산타클로스 얼음 조각상이 큰 입을 벌린 채 웃고 있다.

"정신 차려!"

사이토는 시세이를 얼음 바닥에서 안아 올렸다. 파사삭 파사삭 하고 얼음이 부서지는 소리가 났다.

시세이가 핏기 없는 입술로 중얼거렸다.

"범인은…… 산타클로스…….."

"곧 해동시켜 줄게!"

사이토는 얼음의 미로를 달려 관에서 탈출했다.

직사광선이 내리쬐는 벤치에 놔두자 시세이의 얼음이 서서히 녹아갔다.

미동도 하지 않던 시세이가 두 손을 번쩍 들더니 기지개를 켰다.

"살았어. 얼음을 먹으려고 누웠더니 몸이 달라붙어서 못 움직이게 됐어."

"그런 것 같았어…….."

"못 움직이기 직전에 얼음은 먹었어."

"굳세네."

이 여동생은 고등학생이 되어도 위태로워서 사이토는 도무지 시선을 뗄 수 없었다. 마호를 걱정하는 아카네의 심정도 이해가 갔다.

얼음관 다음으로는 롤러코스터를 타기로 했다.

사이토도 잘 타는 것은 아니었지만 시세이의 메이드가 모는 차보다는 나았다. 안전하게 설계된 기계와는 달리 그것에는 생생한 생명의 위협을 느꼈다.

"언니랑 같이 롤러코스터 타는 거 오랜만이다! 기대돼!"

"응……. 기대되네……."

마호에게 이끌려 걷는 아카네의 얼굴엔 한 톨의 기대도 느껴지지 않았다. 다리는 후들후들 떨리고 있고 얼굴은 마치 단두대로 끌려가는 죄수의 얼굴이었다.

"아싸! 맨 앞에 비었어! 여기 앉자! 운이 좋았네!"

"응……. 난 세상에서 가장 운이 좋은 인간이야……."

신나서 떠들어대는 마호와 곧 죽음을 앞둔 것 같은 아카네가 앞줄에 앉았고 그 뒤로 히마리, 그 뒤로 사이토와 시세이가 자리했다. 시세이를 혼자 앉히면 안전바에서 쑥 빠질 것 같았기에 옆에서 확실히 감시할 생각이었다.

"오빠, 배고파……."

"내리면 추로스 사 먹자."

"추로스라면 이미 샀어. 남은 건 먹는 것뿐."

"내려서 먹자!"

시세이의 주머니에서 나오려던 추로스를 사이토는 다시 밀어 넣었다.

"아름다운 경치를 보며 먹는 미식은 극상."

"경치 볼 여유는 없어. 롤러코스터 안에서 음식 섭취는 엄금이야."

"그냥 볼에다 넣기만 할게. 삼키는 건 내려가서 할게."

"햄스터냐?"

두 사람이 이야기하는 사이 롤러코스터가 움직이기 시작했다. 천천히 수직으로 올라가더니 기분 나쁜 금속음과 함께 정상에서 정지한다.

그 직후 롤러코스터가 급강하를 시작했다.

다리가 뜨는 기묘한 감각, 체내에서 장기가 부유하는 듯한 위화감.

히마리와 마호가 함성을 질렀다.

시세이는 별다른 반응 없이 사이토에게 계속해서 말을 걸었다.

"이 놀이공원에는 오리지널 붕어빵도 팔고 있대. 안에는 오코노미야키처럼 돼 있고 해산물이랑 어우러진 소스 맛이 일품이래."

"넌 평범하게 대화하려고 하지 마!"

"왜? 시세는 오빠랑 잔뜩 대화하고 싶어."

"나도 하고 싶지만 TPO를 분별하자!"

메이드 운전사의 살육 드라이브에 익숙한 시세이와 달리 사이토는 롤러코스터의 상하 운동에 적응하는 것만으로도 벅찼다.

본래 전쟁보다는 평화를, 소란보다는 정적을 사랑하는 사이토에게 있어서 이런 오락은 취향이 아니었다. 가능하면 숲속에서 우아하게 독서와 프로틴을 즐기고 싶다.

타기 전까지 겁에 질린 것처럼 보였던 아카네는 비명도 내지 않았다. 듬직하게 등을 세우고 앉아 자극이 가장 강할 맨 앞줄을 채우고 있다.

──사실은 이런 거 잘 타나?

의외라고 느끼면서 사이토는 다음 강하에 대비했다.

360도 회전을 집요하게 반복한 뒤에야 롤러코스터가 승강장으로 들어섰다. 큰 충격음과 함께 브레이크가 걸리며 완전히 정지한다.

"아~, 기분 좋았다~♪."

"역시 스트레스 해소에는 이만한 게 없네~."

뼛속까지 어트랙션 애호가인 듯한 마호와 히마리는 환한 얼굴로 출구를 향했다.

시세이는 곧바로 주머니에서 추로스를 꺼내 우적우적 먹고 있다. 입에서 막대 모양의 긴 추로스가 나와 있는 것처럼 보이기도 했다.

반면 아카네는 좀처럼 자리에서 일어서지 않았다.

"설마 이대로 두 번 연속 탈 생각이야? 그래도 일단 나가야……."

사이토가 다가가 아카네의 얼굴을 들여다보았다.

아카네는 편안한 표정으로 눈을 감고 있었다.

"기절한 거였냐!"

사이토의 외침에 아카네가 곧 눈을 뜨더니 이상하다는 얼굴로 주위를 살폈다.

"어머, 아직 시작 안 했어?"

"게다가 기억이?!"

"꾸물거리지 말고 사이토도 빨리 앉아. 이런 건 하나도 안 무서워. 롤러코스터는 식은 죽 먹기야."

허세를 부리는 아카네의 모습에 사이토는 쏟아지는 눈물을 참을 수 없었다.

"아카네…… 이제 싸움은 끝났어……."

"싸움? 무슨 소릴 하는 거야? 나한테 롤러코스터는 세발자전거나 마찬가지야. 난 롤러코스터를 잘 타는 여자라고!"

"알았어. 알았으니까…… 이제 가자……."

롤러코스터를 탈 줄 아는 여자를 타일러서 사이토는 출구로 데려갔다.

자초지종을 지켜보던 직원도 눈가를 살짝 훔치면서 "저기…… 그분은 롤러코스터는 타지 않으시는 편이……"라고 충고했다. 사이토는 잠자코 고개를 끄덕이며 앞으로는 무리가 될 만한 것은 타지 않겠노라 결심했다.

"다음엔 저거 타야지!"

"또 뭘 타?!"

마호의 권유에 아카네의 본심이 새어 나왔다.

이번 놀이기구는 롤러코스터에 비하면 순한 것이었다. 근사한 곤돌라가 장착된 관람차가 여유롭게 돌고 있다.

"4인승인 것 같은데 어떻게 나눌까?"

히마리가 묻자 아카네가 손을 들었다.

"아, 그럼 난 여기서 기다릴 테니까 다 같이 타고 와……."

"안 돼! 모처럼 함께 왔는데 언니도 제대로 즐겨야지! 난 언니만 혼자 떨어지는 건 싫어!"

마호가 주먹을 꼭 쥐고 진지한 얼굴로 주장했다.

"흐윽……. 고마워, 마호……."

"정말~, 울지 마, 언니! 이 정도는 동생으로서 당연한 거지!"

멋쩍은 얼굴로 어깨를 으쓱하는 마호. 하지만 아카네가 눈물을 글썽인 이유는 감동이 아니라 그저 슬퍼서 그런 것이라고 사이토는 생각했다.

"자, 간다! 묵이랑 빠로 나누는 거야!"

마호와 히마리, 시세이가 묵을 내고 아카네와 사이토가 빠를 내서 세 사람과 두 사람이 짝을 이루게 되었다

곤돌라에 올라탄 아카네는 샌들의 발끝을 바짝 붙이고 자신이 앉은 자리에서 1밀리도 움직이지 않았다.

아직 지상과 멀리 떨어지지도 않았는데, 아래를 향하면 진다고 생각하는지 하늘을 올려다보며 몸을 뻣뻣하게 굳

히고 있다.

"너…… 어지간히도 이런 거 잘 못 타는구나."

줄곧 지켜보던 사이토는 약간의 동정심이 들었다.

"모모모못타는 거 아니야! 존재 의미를 이해할 수 없을 뿐이지! 갔다가 돌아오는 것만으로 전력을 쓰다니 지구 환경에 좋지 않아!"

"갑자기 환경 보호에 눈을 떴구나."

"인간이 이런 걸 만든 게 잘못이야! 만악의 근원은 인류…… 이 세상에 인류만 없다면……."

친환경의 최종 보스 같은 말을 주장하기 시작하는 아카네.

끝까지 솔직해지지 못하는 모습에 사이토는 강경 수단을 썼다.

"사악한 인류의 대표로서 내가 지금부터 관람차가 멈췄을 때의 추억을 말해줄게. 그건 나랑 시세이가 여섯 살이었을 무렵, 우리가 탄 곤돌라가 정상에서……."

"그만해!"

아카네가 손바닥으로 귀를 막았다.

벽에 등을 기댄 채 무릎을 감싸고 앉더니 자포자기로 외친다.

"그래! 난 롤러코스터라든가 관람차라든가, 놀이공원의 어트랙션은 대부분 못 타! 이제 죽여! 어서 죽이라고!"

"딱히 죽일 생각은 없었는데……."

"방심하게 해서 관람차에서 떨어뜨릴 생각이야?! 살려 줘! 누가 좀!"

죽여 달라는 건지 살려달라는 건지 모르겠다. 아마 아카네 본인도 잘 모를 것이다.

"진정해. 불러도 아무도 안 와. 좀 있으면 지상으로 갈 수 있어."

"그렇게 순조롭게 흐를 리가 없어!"

"그렇게 되어 있어, 관람차는. 그렇게나 싫어하면서 왜 놀이공원에 온 거야?"

사이토가 어이없다는 얼굴로 물었다.

아카네가 멋쩍은 듯 외면했다.

"마호를…… 기쁘게 해주고 싶었으니까."

"시스콤이구나."

"놀리지 마."

"놀린 거 아니야."

기절할 정도로 무서운데도 상대의 취미에 어울린다는 것은 쉬운 일이 아니다. 가뜩이나 겁이 많은 아카네인 만큼 그 노력은 상당하리라.

"그 애는 놀이공원이나 축제라든가, 떠들썩한 건 다 정말 좋아해. 그것도 혼자 가는 게 아니라 다 함께 가서 노는 걸 좋아하거든. 분명 어렸을 땐 늘 혼자 누워 있어야 했으니까 그런 거겠지."

"과거의 반동인 셈이네……."

"그 아이는 줄곧 힘든 시간을 견뎌왔으니까. 난 가능한 한 마호의 소원을 들어주고 싶어."

아카네는 본인이 더 괴로운 얼굴로 입술을 깨물었다.

그녀에게 있어 여동생의 아픔은 자신의 아픔일 것이다. 그녀가 그렇게까지 생각해주는 마호가 조금은 부러워졌다.

"그래도 이렇게까지 무리할 필요는 없었잖아. 우리한테 마호를 맡겨도 되고……."

"계속 멀리 나가 있던 마호가 이제야 일본으로 돌아와 줬으니까. 해외여행은 그 애의 꿈이었으니 자유롭게 놔두고 싶은데…… 쓸쓸했어. 적어도 그 애가 일본에 있는 동안은 되도록 함께 있고 싶어."

아카네는 어깨를 으쓱하며 웃었다. 평소 고집만 부리는 소녀인데, 오늘의 아카네는 언니다웠다. 하지만 그 얼굴은 창백했고 무릎은 떨리고 있다. 말하면서도 필사적으로 밑을 보지 않으려고 애쓰고 있다.

그런 아카네의 모습에 사이토는 쓴웃음을 짓고 말았다.

"손 잡을래?"

"뭐?! 뭐, 뭐야, 갑자기?! 둘만 있다고 이상한 짓을 할 셈이야?!"

"손을 잡고 있으면 조금은 덜 무섭지 않을까 생각했을 뿐이야."

"괘, 괜한 참견이야……."

아카네는 입술을 삐죽이면서도 사이토가 내민 손을 조심스레 만졌다. 사이토가 꼭 손을 잡아주자 아카네의 떨림이 서서히 가라앉았다.

──넌 항상 지나치게 성실해.

사이토는 아카네의 부드러운 손을 느끼며 창밖의 경치를 내다보았다.

이들을 태운 곤돌라는 정상에 와 있어서 마치 멈춰있는 것 같다. 두 사람을 제외한 나머지 사람들은 콩알보다도 작았고, 하나의 무늬가 되어 대지에 스며들어 있었다.

소녀의 가냘픈 숨결이 들려왔다. 아카네는 눈꺼풀을 감고 사이토에게 몸을 맡기고 있었다.

──얌전히 있을 땐 귀여운데…….

천적이어야 할 그녀가 무방비하게 있는 모습을 사이토는 넋을 잃고 바라보았다. 잔잔한 시간이 지나가는 것이 아쉬워서 관람차가 정말 멈췄으면 할 정도였다.

정신을 차리고 보니 곤돌라는 지상으로 돌아와 있었다.

담당 직원이 문을 열어주는 소리에 아카네가 번쩍 눈을 떴다. 황급히 손을 거두고는 곤돌라에서 내리려다 넘어질 뻔했다.

히마리가 고개를 갸우뚱했다.

"어라? 아카네, 지금 사이토랑 손잡고 있지 않았어?"

"아, 안 잡았어! 내가 사이토랑 그런 걸 할 리가 없잖아!"

"그렇구나……. 잡은 것처럼 보였는데……."

"말도 안 돼! 손이 썩을 거야!"

얼굴을 붉히며 외치는 아카네.

손이 썩을 리가 없잖아, 하고 사이토는 속으로 탄식했다. 귀엽다고 느낀 것도 잠시, 역시 이 소녀는 천적이다. 외모만큼은 좋은 탓에 무심코 속고 만다.

마호가 아카네의 팔을 껴안았다.

"언니, 언니! 다음엔 귀신의 집에 들어가자! 여기 세상에서 제일 무섭기로 유명하대!"

"세상에서 제일?!"

"응! 뭔가 괴담 전문가? 같은 사람도 이 귀신의 집에 들어갔다가 거품을 물고 쓰러져서 2주 동안 일어나지 못했대. 기대된다!"

"……."

아카네는 입을 뻐끔거리며 사이토 쪽을 바라보았다. 살려줘……라고 필사적으로 호소하는 눈빛. 그런 모습을 보이면 아무리 천적이라도 못 본 척할 수는 없었다.

"아카네는 볼일이 좀 있다고 하니까 귀신의 집은 내가 같이 가줄게."

"볼일? 무슨 볼일?"

"어…… 그건…… 그거야. 공부야."

"지금 안 해도 되잖아?! 놀이공원인데?!"

"공붓벌레인 아카네는 공부를 안 하는 시간이 길어지면 금단증상이 생기거든. 무차별하게 모든 인간을 덮치기 시작해."

"언니⋯⋯. 어느새 그렇게까지⋯⋯."

슬픔에 잠기는 마호.

"그, 그럼 우린 다녀올게, 아카네."

"무차별 살육은 가급적 자제해."

상냥하게 이해해주는 히마리와 시세이.

"고마워⋯⋯."

삼만 번 죽이겠어! 같은 시선을 사이토에게 쏘아붙이는 아카네. 그녀의 평판을 훼손한 것에 대해 반성하는 사이토였지만, 달리 효과적인 변명이 떠오르지 않았으니 어쩔 수 없다.

"어쩔 수 없지~. 그럼 오빠로 타협할게! 난 관대하니까!"

"임금님 납셨네."

"농담, 농담! 잔뜩 꽁냥거리자~!"

"거품 물고 쓰러지는 곳에서 그럴 여유는 없을 것 같은데."

사이토는 마호와 함께 귀신의 집으로 들어갔다.

내부는 어둠으로 차 있어서 몇 미터 앞의 시야도 분간하기 어려웠다. 벽에는 새하얀 손이 무수히 나부끼고 있었고 기괴한 신음이 여기저기서 흘러나왔다.

통로 끝에 희미하게 불이 켜졌다.

빛을 띤 핏자국이 통로의 양옆을 물들여갔다. 그 빛에 이끌리듯 안쪽에서부터 이형이 가까이 다가온다. 양손을 앞으로 내민 채 비틀거리며 걷고 있다. 엄청난 악취가 압도적인 압박감과 함께 들이닥쳤다.

"뭔가 와! 위험해! 어떻게 좀 해봐!"

"뭘 어떻게 하라는 거야!"

"오빠가 미끼가 돼서 날 먼저 도망치게 한다든가!"

"그럼 네가 미끼 해!"

"귀여운 내가 죽으면 세계의 손실인데?"

"내 두뇌를 잃는 쪽이 더 세계 손실이야!"

"뇌 같은 건 땅에서 얼마든지 자라나잖아!"

"자라나겠냐! 완전 호러잖아!"

어느 쪽이 귀중한 희생양이 될 것인가로 치열한 싸움을 벌이는 사이토와 마호. 1초라도 더 상대를 이곳에 붙잡아 두려다가 결과적으로 두 사람 다 움직이지 못하게 되어 버렸다.

그러는 사이 이형의 존재는 가차 없이 다가와 두 사람을 덮쳤다.

"캬아아아아아아악!"

""…….""

잠자코 이형을 바라보는 두 사람.

좌우의 눈알이 흘러내리고 몸이 부패한 좀비 같은 괴물이다. 일본식 변형이 가미된 것인지 몸 곳곳에 불경을 연상시키는 문구가 새겨져 있다.

"캬아아아아아악!"

"".......""

"흐캬아아아악!"

일본식 좀비가 눈알을 휘두르며 입에서 보라색 타액을 뿜어냈다.

"와, 어어엄청 잘 만들었다!"

마호가 환호하자 좀비가 흠칫 놀란다.

"봐봐, 오빠! 나 이런 리얼 좀비 처음 봤어!"

"마치 진짜 같네……. 타액이 흐르는 기능까지 포함되어 있다니……."

사이토가 물끄러미 좀비를 관찰했다. 게임 중에서는 수없이 살육하고 있는 적이지만 이렇게 가까운 곳에서 마주하니 친근감도 느껴졌다.

마호가 좀비 흉내를 내며 두 손을 들어 올렸다.

"캬아아악! 하면서 연기도 엄청 잘했어!"

"박진감 넘치는 연기네. 직원 교육이 세세한 부분까지 잘 미쳤다는 거겠지. 오락 사업을 한다면 이 정도는 공을 들일 필요가 있을 것 같아."

사이토는 경영자의 시선으로 감탄했다.

"사인해줘! 기념사진도 찍게 해줘!"

붙임성 좋게 좀비에게 다가가 V자를 해 보이는 마호. 사이토까지 포함해 셋이서 스마트폰으로 사진을 촬영했다. 피로 물든 벽에 플래시 빛이 터졌다.

"으으으으으으으......."

좀비는 울음소리를 내며 통로 안으로 달려가 버렸다.

"하아, 퇴장할 때도 연기를 잊지 않다니 프로답네!"

"진심으로 우는 것 같은 느낌도 들었지만......."

더 무서워해야 했나, 사이토는 생각했다. 하지만 게임에서 익숙하게 본 적이 나타난다 한들 "또 만났네"라며 재회를 기뻐하는 심정밖에 들지 않았다.

사이토와 마호는 귀신의 집 탐색을 진행했다.

"오빠! 생목! 생목이 날아온다! 귀여워~!"

"피아노 선 같은 건 안 보이는데 어떻게 날리는 거지? 구조가 궁금하네."

"으악! 뭘 밟았나 했더니 시체였어!"

"흐음....... 사후 경직 상태로 보니 이틀 전에 죽었다는 설정이군......."

"와! 인형들이 잔뜩 걸어와!"

"왜 서양 인형이랑 일본 인형이 섞여 있는 거지? 좀 더 콘셉트를 확실히 잡아줬으면 좋겠는데."

이런저런 비평을 하면서 걷는 모습은 탐색이라기보단

귀신의 집 산책에 가까웠다. 세계에서 가장 무서운 곳이었음에도 긴장감이라고는 한 톨도 없다.

"……너 사실 귀신의 집이랑은 잘 안 맞는 거 아냐?"

공포가 없다면 그건 그냥 집이다.

"엥? 왜~? 나 귀신의 집 엄청 좋아하는데? 같이 들어간 애가 무서워하는 모습이 재미있거든♪."

"괴롭히는 거잖아!"

마호는 선생님 같은 얼굴로 콧대를 높이며 검지를 들었다.

"괴롭히는 게 아니야~, 사랑이지~. 귀여운 여자애가 겁에 질려서 안겨드는 거, 최고잖아?"

"최고잖아? 라고 물어도 난 몰라."

"네네, 동~정, 동~정~♪."

"이 자식……."

노래에 맞춰 놀림을 당한 사이토의 뺨에 경련이 일었다. 동정인 자신을 자랑스럽게 생각하지만, 여러 번 무시당하면 열 받을 때도 있다.

──응징으로 귀신의 집에 내버려 두고 갈까? 아니, 이 녀석에겐 별로 대미지가 없겠지…….

사이토가 그런 생각을 하고 있는데 마호가 갑자기 몸을 웅크렸다. 땅에 손을 짚고 어깨로 가쁘게 숨을 몰아쉰다.

"왜 그래?"

"응, 좀 속이 안 좋아서……. 너무 떠들어서 지쳤나……."

"괜찮아?"

"직접 걷는 건 힘들 것 같아……. 업어줘……."

마호가 기어들어가는 목소리로 호소했다. 조금 전의 건방진 소녀와는 전혀 다른 모습이었다.

"어쩔 수 없지. 업혀."

사이토는 마호를 향해 몸을 굽혔다.

마호가 사이토의 목에 팔을 두르며 힘없이 매달렸다.

사이토는 양손으로 허벅지를 잡고 마호의 몸을 들어 올렸다. 드러난 허벅지의 선명한 감촉이 사이토의 손바닥으로 파고들었다. 소녀의 상큼한 향기가 사이토의 온몸을 감쌌다.

사이토는 마호를 업은 채 귀신의 집 통로를 향해 걸음을 재촉했다.

이전에 고열이 난 아카네를 병원으로 옮긴 적도 있었지만, 마호의 몸은 그때의 아카네보다 더 가벼웠다. 팔도 다리도 병적으로 가는데다 숨까지 가쁘게 몰아쉬고 있어 걱정이 들었다.

어둠 속에서 귀신의 집 밖으로 나오자 강렬한 햇살에 현기증이 일었다.

"저쪽에 쉴 수 있는 곳이 있는 것 같아……. 데려가 줘."

마호가 거리를 사이에 둔 건물을 가리켰다.

크림색 지붕이 올라간 건물에는 '휴게소'라는 간판이 달려 있었다. 미닫이문을 지나자 그 안엔 소파 몇 개가 놓여 있고 바닥에는 단단한 카펫이 깔려 있다. 원내 끝 쪽이라 그런지 사이토와 마호 외엔 사람이 없었다.

사이토는 소파에 마호의 몸을 눕혔다.

마호는 가냘픈 팔로 눈가를 가린 채 거칠게 숨을 몰아쉬고 있었다. 축 늘어진 다리가 소파에서 떨어지며 반바지가 말려 올라갔다.

사이토가 마호에게 물었다.

"뭔가 먹는 약이라도 있어? 지금 아카네를 불러올 테니까……."

"짠, 거짓말이었지롱~! 오빠한테 업히고 싶었을 뿐입니다~!"

마호가 벌떡 일어나며 사이토에게 달려들었다.

"뭐……? 거짓말……?"

"이 정도에 속다니 오빠는 역시 동정이네~!"

낄낄 웃는 마호. 재미있어서 못 참겠는지 눈에 눈물까지 글썽이며 사이토의 뺨을 손가락을 쿡쿡 찔러댄다.

사이토는 화가 머리끝까지 치미는 것을 느꼈다.

"꾀병 부리지 마! 진심으로 걱정했잖아!"

"……어? 걱정……? 나를?"

마호가 어리둥절한 얼굴을 지어 보였다.

"당연하지! 거짓말이라도 해도 될 게 있고 안 될 게 있어!

이런 시답잖은 거짓말로 나를 속였다가 만약 정말로 아플 때 믿어주지 않으면 어쩔 거야? 구급차를 부르는 게 늦으면? 돌이킬 수 없는 일이 되는 거라고!"

"그, 그렇게 화낼 필요 없잖아…….."

"화낼 거야. 네가 이해할 때까지 계속 화낼 거야."

"으……. 이거 봐. 나 엄청 건강해!"

사이토 앞에서 빙글 돌아 보이는 마호. 갑자기 움직여서 어지러웠는지 살짝 비틀거리며 사이토에게 안긴다.

사이토는 크게 한숨을 내쉬었다.

"어쨌든 정말 놀라니까 이런 장난은 하지 마. 알겠어?"

"……응. 미안해."

고개를 숙이는 마호. 작은 귓불이 빨갛게 물들어 있다.

하염없이 놀이공원 안에서 끌려다닌 사이토가 귀가했을 때 이미 밖은 어두워져 있었다.

아카네는 불안정한 걸음걸이로 거실 소파에 털썩 주저앉았다.

"오늘은 지쳤어……. 앞으로 10년 정도 집에 틀어박히고 싶은 기분이야…….."

"그렇겠지."

마호와 어울리느라 꽤나 고생했으니까, 사이토가 속으로

덧붙였다.

이후에도 바이킹이니 회전 그네니 체험형 시어터니 스릴 있는 어트랙션만 타기 바빴고, 그때마다 아카네는 비명을 지르기 바빴다.

"난 아직 한참 덜 논 기분이야! 재미있는 게임을 찾았으니까 같이 하자!"

마호는 패키지에 좀비가 그려진 게임을 내밀었다.

"그건…… 다음에……."

아카네는 일요일 이른 아침부터 아이 때문에 잠에서 깬 부모처럼 초췌했다. 그렇게나 싫어하는 좀비에 거부 반응을 보일 여유조차 없다.

"오늘 저녁은 내가 준비할게."

"죽일 셈이야?!"

사이토가 선의로 건넨 제안에 아카네가 번쩍 눈을 떴다.

"죽일 셈이냐니 무슨 뜻이지?"

"어차피 또 프로틴이 들어간 죽을 만들 생각이잖아?!"

"그럴 건데?"

"당연하다는 얼굴 하지 마! 인간의 저녁 식사엔 프로틴 따위 들어 있지 않아!"

"그건 선입견이야. 내 계산에 따르면 인류의 2분의 1은 프로틴을 저녁으로 먹는다더군."

"죽은 싫어……."

몸을 떠는 마호.

"프로틴은 싫어……."

몸을 떠는 아카네.

"그 정도야?"

자매 두 명에게서 단호히 거절당한 이상 사이토도 방침을 전환할 수밖에 없다. 영양만 섭취하면 문제없다고 생각하지만, 만든 요리를 남기는 것도 아깝다.

"별로 합리적이진 않지만…… 옥수수랑 당근, 완두, 그리고 다진 고기를 넣어서 카레라도 만들까. 프로틴은 안 넣을게. 이거면 만족하겠어?"

"대만족이야! 처음부터 그런 걸 만들었어야지!"

"영양 균형이 안 맞잖아."

"프로틴 죽이 더 안 맞아!"

"……뭐, 됐어."

견해차를 두고 다툰다 한들 쓸데없이 체력만 소모할 뿐이다. 놀이공원을 싫어하는 아카네만큼은 아니었지만, 사이토도 나름대로 지쳐 있었다.

"오빠, 혹시 머리가……?"

"그래, 머리가……."

뒤에서 서로 속닥거리는 무례한 자매를 내버려 둔 채 사이토는 요리를 시작했다.

밥솥에 쌀과 물을 넣고 급속 취사 버튼을 누른다. 쌀은 씻지 않았다. 귀한 영양분을 씻어내고 싶지 않았기 때문이다.

카레에 옥수수랑 완두가 들어가 있는 것은 본 적이 없었지만, 색을 다양하게 하면 영양 균형이 좋다고 책에서 읽은 적이 있었으니 상관없을 것이다.

물론 맛을 보는 등의 비합리적인 짓도 하지 않았다. 맛을 조정한다 해도 영양은 변하지 않고, 애초부터 사이토는 맛을 조정하는 법을 모른다. 루라고 하는 문명의 이기를 믿을 뿐이다.

30분 정도 후, 효율적으로 완성한 카레라이스를 테이블 위에 놓았다.

아카네는 조심스레 숟가락으로 한 입 떠먹더니 눈을 크게 떴다.

"카레라이스의…… 맛이 나……!"

"카레라이스니까."

"프로틴 맛도, 영양제 맛도 안 나! 이건…… 요리야! 사이토, 드디어 요리를 만들 수 있게 됐구나!"

아카네가 눈물을 글썽였다.

"난 예전부터 요리도 할 줄 알았어. 초등학교 때 이미 컵라면을 끓여 먹었고."

"응응. 그렇구나, 그렇구나."

왠지 모를 따스한 눈빛에 사이토는 어린애 취급을 받는 느낌이었다.

"언니 요리의 발끝에도 못 미치긴 하지만, 뭐, 이 정도면 합격인데? 가슴 펴고 살아도 돼, 오빠."

"넌 왜 잘난 척 말하는 건데."

"내 신부로 와도 좋아!"

마호는 한쪽 눈을 찡긋하며 엄지손가락을 치켜들었지만, 사이토는 남자였고 이미 결혼도 했다. 학년 최고의 천재가 이 정도의 메뉴로 칭찬을 받는 것도 웃기는 상황이었다.

그렇다고는 해도 직접 카레라이스를 만든 것은 처음이다. 본가에서 혼자 식사하던 때였다면 굳이 만들 생각은 하지 않았을 것이다. 좀 바보 취급을 당하긴 했어도 자매 둘이 웃으며 먹어주는 것은 나쁘지 않았다.

그런 생각을 하면서 사이토도 카레를 먹기 시작했다.

저녁 정리를 마친 뒤 사이토는 가볍게 샤워를 하고 침실로 들어갔다.

온종일 외출해 있던 탓에 독서를 전혀 하지 못했다. 읽다 만 미스터리 소설의 다음 이야기, 범인의 정체가 궁금했지만, 오늘은 도저히 책을 펼 기력은 남아 있지 않았다.

침대 이불에는 한 사람 몫만큼이 볼록 튀어나와 있었다. 부푼 부분이 호흡에 맞춰 상하로 움직이고 있다. 녹초가 된 아카네는 이미 잠에 빠진 모양이었다.

사이토는 아카네를 깨우지 않도록 조용히 침대로 들어갔다.

이불 안은 목욕을 마친 소녀의 열기가 담겨 있었다. 둘이 막 살기 시작했을 땐 낯설었던 타인의 체온에 몸을 맡긴 채 사이토는 눈을 감고 잠을 청했다.

사이토의 어깨에 가느다란 몸이 바싹 다가왔다.

잠꼬대를 하는 것일까 하고 생각했지만, 아무래도 그런 기색은 아니었다. 소녀는 이불을 꿈틀거리더니 사이토의 허리에 올라탄 채 장난스러운 얼굴로 내려다보았다.

"너……."

"쉬잇……."

사이토의 입술에 슬며시 검지를 갖다 댄다.

짙게 깔린 어둠 아래, 흡혈귀처럼 눈에 불을 켜고 있는 것은 마호였다.

"큰소리 내지 마. 언니가 오면 곤란하잖아?"

아이를 달래듯 미소 짓는 마호.

"이런 곳에서 뭘 하는 거야……?"

"그야 뻔하지. 덮치러 온 거잖아."

그 말대로 마호는 선정적인 속옷 차림이었다. 걸치고 있는 것은 레이스 베이비 돌 한 장. 대담하게 가슴까지 비치는 탓에 중심의 형태가 선명하게 보였다.

가슴께부터 그 아래로는 앞이 좌우로 갈라져 있었고 마

네킹보다도 가는 허리가 굽어 있었다. 얇은 옷자락에 덮여 있지만 아래는 아무것도 걸치지 않은 것처럼 보였다.

곱디고운 이 소녀는 달밤에 내려앉은 나비였다. 흠잡을 곳 없는 목덜미, 우아한 곡선을 그리는 어깨, 부드러운 팔에서 싱그러운 색기가 흘러넘쳤다.

그리고 두 가닥으로 묶였던 머리를 풀고 긴 머리를 늘어뜨린 모습은 무서울 정도로 그 아이와 쏙 빼닮았다.

졸업 기념 파티에서 만난 소녀. 마음 깊은 곳에 달라붙어 떨어지지 않는 동심 때의 아련한 마음. 기억력이 좋은 사이토가 아니었다면 이미 잊었을지도 모르는.

"……너한테 물어보고 싶은 게 있어."

"뭔데?"

소녀가 고아하게 고개를 갸웃했다. 그 추억 그대로의 모습으로 상냥하게 미소 지으며.

그 파티에는 할아버지인 텐류를 아는 사람이 많이 초대되었다. 텐류와 치요가 구면이었다면 치요의 손자인 마호가 와도 이상하지 않다.

사이토는 긴장으로 혀가 마르는 느낌을 받았다.

"너…… 예전에 나 만난 적 없어? 할배가 연 파티 때 오지 않았어?"

"언제 적 파티?"

"내가 초등학교 졸업 때 별장에서 했던 파티야. 내가 만났던 어떤 여자애랑 닮았거든. 긴 머리가 예쁜 아이였어. 둘이서 대화도 나눴는데 이름도 못 물어보고 연락처도 몰라서. 지금 와서 찾는 것도 좀 싫어할 것 같고……."

마호가 피식 웃었다.

"첫사랑 얘기하는 것 같아."

"그런 거 아니야……."

사이토는 수치심을 느꼈다.

연애사 같은 것엔 관심도 두지 않는 자신이 이렇게 필사적으로 매달리는 것은 이상했다. 하지만 손이 닿는 곳에 그 아이가 있을지도 모른다고 생각하니 무심코 조급함이 들고 마는 것이다.

"그 애, 혹시……."

마호가 허공을 바라보더니 아니, 하고 고개를 저었다.

사이토 위에 몸을 덮고는 귓가에 입술을 가져갔다.

"알려줄까?"

"어……?"

"그거, 나야."

"……!"

사이토는 고동이 빨라지는 것을 느꼈다. 머리 깊숙한 곳에서 맥박이 거세게 요동쳤다.

"드디어 만났네. 나를 그렇게나 생각해줬구나."

"왜 말 안 하고 있었어?"

내뱉는 소리가 꽉 막힌 듯 답답했다.

"당연히 부끄러워서 그랬지. 하지만 이걸로 서로 같은 마음이라는 거네."

마호가 사이토의 목덜미에 서늘한 코를 가져갔다. 사이토에게 자신의 달콤한 내음을 묻히려는 것인지 가느다란 허리를 밀착시켜 온다.

그만두게 해야 하는데, 사이토는 마호를 뿌리칠 수 없었다. 뜻밖의 재회에 동요한 나머지 사고가 잘 작동하지 않았다. 그 시절의 마음이 이토록 강력하게 자신 속에 살아 숨 쉬고 있었다는 것을 지금껏 깨닫지 못했다.

마호가 사이토의 잠옷에 손을 대고 단추를 풀어나갔다.

"자, 잠깐······."

"괜찮지? 오빠는 좋아하는 나랑 결혼하는 거야. 그럼 이런 걸 하는 건 당연한 거잖아?"

"그건 그럴지도 모르지만······ 먼저 서로를 좀 더 알아야 하지 않을까?"

사이토는 줄곧 그 애와 이야기를 나누고 싶었다. 그 뒤는 상상도 하지 못했을 만큼, 더럽히는 것이 아까울 정도로 그 아이와의 추억은 신성했다.

"몸으로 알아가는 게 빠르잖아? 오빠는 첫사랑이 만지는 거 싫어?"

사이토는 대답하지 못했다. 마호가 밀착하고 있는 것은

결코 불쾌하지 않았다. 당시의 모습이 남은 얼굴도, 그녀의 냄새도, 본능적으로 기분이 좋았다.

마호가 사이토의 뺨을 양손으로 감싸 쥐고 사랑스러운 입술을 가져오며 속삭였다.

"정말 좋아해, 오빠. 잔뜩 즐겁게 해줄게."

그 말은 꿀과 시럽으로 범벅되어 달콤하기 그지없다. 농밀한 달콤함에 뇌가 잠식될 것만 같다.

하지만 사이토는 위화감을 느꼈다.

무언가가 달랐다. 녹을 듯한 목소리 속에 쓰디쓴 가시가 있었다.

마호의 눈동자에는 사이토의 모습이 비치지 않았다.

"너…… 사실은 날 싫어하잖아."

흠칫, 마호가 어깨를 떨었다.

"무슨 소리야? 난 오빠한테 고백도 하고……."

"아무리 허울 좋게 꾸며도 겉만 꾸미면 다 보인다고. 네 말에는 아카네의 말 같은 힘이 없어."

아카네가 내뱉는 말에는 하나하나마다 격정이 배어 있었다. 엄청난 에너지로 내려치는 감정에 익숙한 사이토에게 마호의 연기는 휴짓조각처럼 가벼워 보일 수밖에 없다.

"……맞아. 정말 싫어."

처음으로 그녀가 본모습을 드러냈다.

선연한 증오. 그것은 어딘가 아카네를 닮아 낯설지 않

았다.

"하지만 그런 건 아무래도 상관없어!"

마호는 사이토에게 입술을 포개려 했다.

그녀의 머리를 붙들어 막는 사이토. 침대 위에서 옥신각신하며 뒤엉켰다. 두 사람의 옷이 벗겨지며 살이 드러난 피부가 밀착됐다.

사이토를 침대로 밀어붙인 채 올라탄 마호가 거칠게 숨을 몰아쉬었다.

"키스 정도는 뭐 어때. 내 첫 키스라고? 남자라면 모두가 원하는 거야."

"그렇게 싫어하는 상대한테 키스를 하려고 하는 의미를 전혀 모르겠어……. 일단 설명해!"

"시끄러워! 할 거 다 하고 나면 설명해줄게!"

"이제야 드디어 네가 아카네의 동생이라는 게 느껴지네!"

감정에 따라 폭주하는 모습은 그야말로 아카네였다. 차이점은 머리 길이 정도였기에 이렇게 어둠 속에 있으면 같은 소녀로 보였다.

그때 침실 문이 열렸다.

"무, 무, 무……."

아카네가 입구에 선 채 어깨를 부들부들 떨고 있었다.

참대 위에는 반나체로 뒹굴고 있는 사이토와 마호.

──살해당한다!

사이토는 온몸이 얼어붙었다.

원래부터 결벽증이 있는 아카네가 소중한 여동생에게 손을 댔다고 생각하게 된다면 어떤 폭거를 저지를지는 불 보듯 뻔했다.

가뜩이나 위기 상황에서 마호가 오해를 더 키워버렸다.

"오빠, 내가 먹어버렸어. 잘 먹었습니다♪."

"잠깐 기다려. 진정해, 아카네. 어쩌다 이렇게 된 건지 내가 차근차근⋯⋯."

사이토가 그녀를 달래기 위해 나섰으나 성난 아카네에게 이치가 통할 리가 없다.

주먹을 꽉 쥔 아카네가 입술을 떨면서 입을 열었다.

"사이토도 마호도 진짜 싫어!"

두 사람은 짐을 쌀 겨를도 없이 집에서 내쫓기고 말았다.

사이토와 마호는 현관 앞에서 대기했지만, 문은 굳게 닫힌 채 열리지 않았다. 두꺼운 문 너머로도 아카네의 강렬한 분노가 전해졌다.

"이 상태면 진정되는 데 시간이 걸리겠네……."

오히려 냉정해지는 때가 오긴 하는 걸까 하고 사이토는 걱정했다.

"어떻게 할래? 노숙이라도 할까?"

이런 상황에서도 마호는 눈을 반짝반짝 빛내며 즐거워했다. 어린 시절 병약한 소녀였다는 것이 믿기 힘들 정도로 활력이 넘친다.

"오늘 밤은 비가 올 거라고 일기예보에서 그랬어. 노숙은 가능하면 피하고 싶어."

이웃의 눈도 있으니 이대로 하염없이 자택 앞에 서 있을 수도 없다. 사이토는 그나마 잠옷을 입고 있었지만 마호는 누가 볼까 무서운 베이비 돌 차림이다. 대체 무슨 일이 있었느냐며 소란이 일 것이 분명했다.

"옷 좀 사 올 테니까 여기서 기다려."

쫓겨날 때 간신히 들고 나온 스마트폰을 들고 사이토가 걸음을 옮겼다.

"나도 갈래!"

속옷 바람으로 당당히 따라오는 마호.

"여기서 기다려! 경찰을 부르는 사태가 될 수도 있어!"

"혼자 갔다가 누가 덮치면 어떡해?"

"그때는 소리를 질러. 아카네가 도와주러 올 거야."

"내가 걱정하는 건 오빠 쪽인데?"

"내게 덮쳐질 요소는 없어."

마호가 기운차게 대답했다.

"나였다면 덮쳤을 텐데? 그렇게 섹시한 차림이라면!"

"세상은 너 같은 무법자 천국이 아니야."

사이토가 흐트러진 잠옷을 정리했다. 침실에서 마호가 단추를 풀어놓았던 것을 잊고 있었다. 이래서야 수상한 사람으로 신고당해도 불평할 수 없다.

──분명 마호는 나한테 언니를 도둑맞은 기분이겠지.

편의점으로 향하면서 사이토는 생각했다.

저 자매의 친밀함은 각별했다. 병약한 여동생을 책임감 강한 언니가 돌봐주어 그런 것인지는 모르겠지만, 마호는 아카네를 열정적으로 사랑하고 있었다.

언니가 모르는 남자와 결혼해 버려서 여동생은 용서할 수 없는 것이다. 그래서 마호는 사이토를 농락해 언니에게서 떼어내려고 했다. 그것이 분명 오늘 밤 소동의 원인이었으리라. 만약 그렇다면 마호는 보란 듯이 성공한 셈이었다.

사이토는 가장 가까운 편의점에 들어가 적당한 옷을 찾았다.

역시 바지나 치마는 없다. 사이토는 남자 티셔츠를 집어 스마트폰 결제로 구입했다. 현금 없이도 살 수 있다는 것은 문명의 진보다.

사이토가 자택 앞으로 돌아오자 마호는 땅바닥에 주저앉아 기다리고 있었다.

건네받은 티셔츠를 곧바로 입어보니 사이즈가 큰 덕분에 무사히 허벅지까지 가려졌다. 착한 행인이라면 티셔츠 안에 반바지를 입고 있다고 생각해줄 것이다.

마호는 티셔츠 자락을 집어 내려다보았다.

"우와, 흉측해. 오빠는 센스가 없네."

"배부른 소리 하지 마. 임시로 입는 옷이잖아."

"놀이공원에서 입은 옷도 장난 아니었는데? 뭔가 50년 정도 지난 유행 같다고나 할까. 비싼 브랜드인 건 알겠지만."

"할배가 보내준 옷이야."

"센스가 없는 사람들은 옷을 아예 안 입고 다니는 걸 추천할게~."

"안 속아."

사이토와 마호는 자택을 떠났다.

주택가는 차량의 왕래도 거의 사라졌다. 삐걱거리는 소음을 내는 가로등에는 날벌레들이 날아다니고 있다. 실루엣밖에 보이지 않는 풀로 덮인 담벼락에서는 빽빽한 꽃향기가 풍겨왔다.

드문드문 가로등 불빛이 새어든 길을 둘이 함께 나란히 걷는다.

"오빠도 조금은 멋을 부려야 해. 다음에 내가 이것저것 알려줄게."

"필요 없어. 멋을 부려봤자 특별한 메리트도 없고."

"여자들한테 인기 있을 텐데?"

"인기 있을 필요 없어."

이미 결혼한 이상 쓸데없는 스캔들에 휘말린다 해도 분란만 일으킬 뿐이다. 예를 들어 오늘 밤처럼.

"전 세계의 여자애들을 조종해서 돈을 벌 수도 있는데?"

"그런 쓰레기 같은 생활 방식으로는 살고 싶지 않아."

"하아, 정말 오빠는 글러먹은 남자구나."

어이없어하는 마호.

어이없을 이유가 전혀 없는 사이토.

멋의 가치를 부정하는 것은 아니지만 사이토의 꿈을 실현하는 데는 도움이 되지 않았다. 그보다는 책을 읽고 정보를 축적하는 편이 더 유익했다.

"그러고 보니 넌 네 집으로 돌아가면 되잖아. 내가 데려다줄게."

"꺄악, 빨간 모자에 나오는 음흉한 늑대?!"

마호가 보란 듯이 양손을 모으고 몸을 비틀었다.

"늑대 아니야."

"음흉한 저승사자?"

"너 이미 죽었냐?"

"음흉한 카피바라?"

"평화로운 일밖에 안 생길 것 같은데."

"음흉한 버섯?"

"버섯이 어떻게 음흉한데. 그 자리에 가만히 있잖아."

그리고 사이토는 균류가 아니다. 인류다.

"오빠도 오빠네로 돌아가는 거야? 그러면 나 오빠네 집에서 묵어보고 싶어! 두근두근♪."

의성어를 입으로 내뱉는 인간은 신용하지 않겠노라 사이토는 결심했다. 특히 이 소녀는 조금도 방심할 틈이 없다.

"난 본가엔 못 가. 결혼한 뒤엔 어느샌가 현관 열쇠도 바뀌어 있었으니까."

마호가 입가를 손으로 가렸다.

"어…… 부모님한테 미움받아?"

"뭐, 그런 셈이지."

"흐, 흐음……. 뭔가…… 미안."

"거기선 웃으라고!"

사실이지만 너무 진지한 반응을 보이면 사이토도 견디기 힘들었다. 더는 부모에게 아무런 기대도 없었지만, 반평생을 보낸 집이니 애착은 갔다.

"시세 집에서 잘 수 있다면 좋겠지만…… 이런 늦은 시간에 들이닥치면 폐가 되겠지. 난 적당히 인터넷 카페 같은 곳에 가서 자면 돼."

"그럼 나도 갈래! 오빠 혼자만 두는 건 불쌍하니까!"

마호가 씩씩하게 가슴을 탁 쳤다.

"아니, 집으로 가."

사이토가 진지한 얼굴로 손을 저었다.

"사양하지 않아도 돼! 나라면 괜찮아!"

"나도 괜찮아."

"억지로 참는 건 안 좋아! 외로울 땐 나한테 어리광부려도 돼!"

"진심으로 돌아가 줘."

빨리 이 성가신 소녀를 부모님께 돌려주고 싶었지만, 난처하게도 사이토는 마호의 주소를 몰랐다. 억지로 연행할 수는 없었다.

"자, 오빠! 가자, 밤의 거리로!"

사이토의 팔에 매달린 마호가 주먹을 쳐들며 소리쳤다.

"오!"

"오……."

자포자기한 사이토. 맨정신으로 술에 취한 것 같은 소녀와 어울리는 것은 고역이었다.

인터넷 카페라도 가면 혼자 조용히 만화라도 읽었겠지만, 그런 곳에 여자를 재우는 것엔 거부감이 들었다.

"어쩔 수 없지. 호텔로 가자."

"러브호텔?! 러브호텔이지?!"

마호가 눈을 빛냈다.

"평범한 비즈니스호텔이야."

"에이, 로맨틱하지 않아~."

"로맨틱은 필요 없어. 밤이슬만 피할 수 있으면 충분해."

"저요, 저요! 저는 러브호텔을 원합니다! 왜냐하면 회전하는 침대 같은 걸 보고 싶기 때문입니다!"

"각하. 불만이 있으면 집으로 가."

그렇지 않아도 아카네와 관계가 험악해졌는데 동생을 러브호텔에 데려갔다는 사실이 알려지면 죽음보다 더한 고통을 맛보게 될 것이다.

큰길로 나온 사이토는 스마트폰으로 인근 비즈니스호텔을 찾으면서 걸어갔다.

10층짜리의 심플한 건물. 널찍한 주차장에 트럭이 몇 대 세워져 있고 나머지는 승용차가 채우고 있다. 장식을 배제한 기능적인 디자인이 사이토의 취향과 부합했다.

"뭐, 됐나. 비즈니스호텔이라도 오빠랑 잔다는 건 변함없으니까. 둘이서 어른의 계단을 밟는 거 아냐?"

마호는 씩씩하게 현관홀의 자동문을 통과했다.

사이토는 싱글룸 두 개를 잡아 그중 하나의 열쇠를 마호에게 건네주었다.

"그럼."

손을 들어 세계에서 가장 짧은 작별 인사를 마치고 자신의 방으로 들어갔다.

"오오오오오빠는 바보야! 쫄보! 동정!"

잠긴 문 너머로 분노의 포효가 울려 퍼졌지만 봐줄 사이토가 아니다. 숨 가쁜 하루를 보내고 이제야 혼자 편히 쉴 수 있는 공간으로 온 것이다.

딱딱한 침대에 앉아 가볍게 숨을 내쉬며 방안을 둘러보았다.

겉으로 보기엔 간소한 호텔이었지만 인테리어는 비교적 고급스러웠다. 벽 쪽에는 튼튼해 보이는 책상이 놓여 있고 대형 TV도 설치되어 있다. 2인용 소파에 미니 테이블, 맞은편에는 세련된 플로어 조명이 자리하고 있었다.

화장실은 샤워실과 일체형이라 좁았지만, 집에서 이미 샤워를 끝냈기에 문제는 없었다. 냉장고에는 무료 생수도 들어 있어서 다음 날 아침까지 쾌적하게 보낼 수 있을 것 같았다.

사이토가 스마트폰을 충전기에 연결하고 페트병째 물을 마시고 있는데 노크 소리가 들렸다.

"아…… 사람 있습니다."

고개를 저으면서도 사이토는 적당히 대답했다.

"있는 거 알아! 문 열어! 그러지 않으면 문을 부술 거야!"

복도의 마호가 협박을 걸어왔다.

"멋대로 해. 네 여린 발로 차서 부술 수 있다면."

"발로 안 차! 소화기로 때려 부술 거야!"

"체포당해!"

"체포당하는 건 오빠 쪽이야! 지금부터 나 소리칠 거다!"

"이미 소리치고 있잖아……."

심야 호텔에서는 민폐 수준이었다.

"부모님 허락도 없이 오빠한테 호텔에 끌려왔다고 소리칠 거야! 미성년자 유인죄지? 옷도 티셔츠 빼고 다 뺏겼다고 소리친다?!"

"잠깐 대화 좀 할까!!"

사이토는 서둘러 문을 열었다.

좁은 틈새를 뚫고 마호가 미끄러지듯 안으로 들어왔다. 팔에는 소화기를 들고 있었다. 단순한 협박이 아니라 진짜 강행 돌파할 작정이었던 건가. 사이토는 소름이 돋았다.

"하하하, 들어온 이상 끝이다! 여긴 내가 점거했다!"

"일단 나한테 소화기 분사구 들이대지 마."

"괜찮아! 나 소화기 발사하는 법은 알고 있는데 멈추는 방법은 몰라!"

"제일 위험한 케이스잖아!"

방안이 온통 흰 가루로 뒤덮이면 대체 얼마만큼의 손해배상이 청구될까. 확실하게 경찰도 오고 양가 부모님도 소환될 것이다.

사이토는 소화기를 빼앗기 위해 마호에게 달려갔다. 방 안을 도망쳐다니는 마호. 침대에 뛰어오르고, 의자를 차서 넘어뜨리고, 소파에 뒹군다.

하지만 결국은 좁은 싱글룸. 언제까지나 계속 도망칠 수는 없었다.

몇 분 지나지 않아 사이토는 소화기를 빼앗고 마호의 양손을 잡아 구속했다.

"자…… 나가주실까…….."

"오빠까지…… 나를 쫓아낼 거야……?"

마호의 눈동자에서 눈물이 흘러내렸다.

"우, 우는 척하지 마."

기세가 꺾인 사이토.

"우는 척 아니야! 조금 정도는 같이 있어도 되잖아?! 오빠까지 내가 싫어진 거야?!"

마호가 침대에 주저앉더니 어깨를 들썩이며 흐느꼈다. 차례차례 눈물방울이 떨어지며 시트를 동그랗게 물들여 갔다.

거짓이 아닌 감정이 폭발하고 있다는 것을 사이토도 알 수 있었다.

"으음…… 혹시, 충격받았어? 아카네가 싫다고 해서."

"그래! 언니한테 그런 말 들은 거 처음이었어! 내가 아무리 장난을 쳐도 언니는 진심으로 화낸 적은 없단 말이야! 나, 나…… 언니한테 미움받았어……. 이제 평생 말 안 해 줄 거야…….”

흐에에에엥, 마호는 어린아이처럼 울음을 터뜨렸다. 평소의 소악마 같은 여유는 조금도 찾아볼 수 없다.

──못 말리는 녀석이네…….

사이토는 탄식했다.

놀림당하는 것은 거북했지만, 나이 어린 여자애가 우는 것은 더 거북했다. 나쁜 짓을 저지른 것 같은 기분이 들었다.

“그 정도는 흔히 있는 일이야. 나 같은 경우는 아카네한테 매일 50번 정도는 싫다는 말을 들어.”

“거짓말이지……?”

“정말이야. 죽음을 비는 일은 다반사고 기상하자마자 혼나는 것도 아침의 루틴이지.”

“왜 그렇게 멘탈이 강한 거야? 부모님한테도 미움받고, 아내한테도 미움받고, 나 같으면 죽고 싶었을 것 같아…….”

“나도 지금 냉정하게 생각해 보니 죽고 싶어.”

다른 반 아이들로부터도 어렴풋이 미움을 받는 데다 자신과 거리를 둔다는 자각은 있었기에 슬픔은 한층 심화됐다.

하지만 사이토에겐 시세이가 있었다. 늘 자신의 편인 그

녀가 곁에 있는 한 외로움은 느껴지지 않았다. 나는 괜찮아. 응, 괜찮아. 사이토는 자신에게 타이르듯 말했다.

"아카네는 희로애락이 극심한 녀석이라 자기도 모르게 성질을 낸 것뿐이야. 금방 또 풀려서 용서해 줄 거야."

"정말……?"

마호가 글썽거리는 얼굴로 사이토를 올려다보았다.

"아아. 나에 대해선…… 뭐, 용서까지 꽤 시간이 걸리겠지만. 애초부터 미움을 받고 있었으니까."

"미안해……."

"아니, 신경 쓰지 마."

솔직하게 사과받으니 오히려 마음이 불편해지는 사이토. 그만큼 마호가 약해졌다는 뜻이었다. 분명 마호에게는 아카네가 전부일 것이다.

침울해하는 소녀를 내버려 둘 수도 없는 노릇이라 사이토가 어찌해야 하나 고민하는데, 마호가 티셔츠를 벗기 시작했다.

"뭐 하는 거야?"

"옷 벗고 있어."

"그건 보면 알아! 왜 벗는데?!"

"오빠가 쫓겨난 건 내 탓이니까 책임을 져야겠다고 생각해서……. 적어도 몸으로라도 갚아야……."

"필요 없어!"

"내 몸, 매력 없어?"

마호가 불안한 얼굴로 어깨를 떨었다.

벗어 던진 티셔츠에 베이비 돌도 말려 올라가 가슴과 허리가 드러났다. 침대 위에서 옆으로 앉은 채 눈물을 글썽이는 모습은 남자의 본능을 자극하는 색기로 가득했다.

"매력은 충분히 있지만, 우는 아이한테 그런 짓을 어떻게 해!"

"이, 이제 안 울어! 아이가 아니라 어른이니까 제대로 할 수 있어!"

마호가 얼굴색을 바꾸고 사이토의 바지를 끌어 내리려고 했다.

"그만해! 이 변태녀야! 거기서 손 떼!"

바지를 지키기 위해 움켜쥐는 사이토.

"손을 놓는 건 오빠 쪽이야! 잠자코 눕지 않으면 싹둑 잘라버릴 거야!"

"무서워! 그딴 위협을 하는 녀석이랑 할 수 있겠냐!"

"시끄러워! 내가 사죄로 봉사해준다잖아! 얌전히 말 좀 들어!"

무의미한 공방이 몇 분간 이어졌고, 두 사람 다 어깨로 숨을 몰아쉬며 주저앉았다. 놀이공원 이후 밤거리까지 돌아다닌 탓에 이미 체력이 한계였다.

"됐어. 이 방에 머무는 건 상관없으니까 이제 그만 자."

"재워줄 거야……?"

"뭐든 해."

"팔베개도?"

마치 시세이처럼 마호가 졸라왔다.

"음…… 뭐, 상관없겠지."

후배 소녀가 아니라 동생이라고 생각하면 사심도 생기지 않았다.

사이토가 침대에 눕자 마호가 품 안으로 들어왔다. 아직 덜 운 것인지 코를 훌쩍거리며 사이토의 가슴에 얼굴을 파묻었다.

——너희 자매는 하나같이 사고뭉치구나…….

사이토는 한숨을 쉬며 마호의 머리를 쓰다듬었다.

팔 안이 뜨겁다.

부드럽고 기분 좋은 것이 사이토의 몸을 누르고 있다. 안심감과 고양 섞인 리듬이 작은 숨소리가 되어 들려왔다.

아직 어젯밤의 피로가 완전히 풀리지 않은 것을 느끼면서 사이토는 무거운 눈꺼풀을 들어 올렸다.

창문 가리개 틈으로 차단되지 못한 햇빛이 스며들었다. 에어컨 성능이 좋지 못한 것인지 어두컴컴한 실내엔 은은한 열기가 감돌고 있다.

시선을 내린 사이토는 자신에게 매달려 있는 마호의 모습을 보고 흠칫 놀랐다.

알몸이었다. 사준 티셔츠는커녕 그 얇은 베이비 돌 한 장조차 입지 않았다. 매끄러운 피부가 윤기 있게 젖은 채로 사이토를 감싸 안고 있다. 가리는 것이 없는 소녀의 가느다란 허리가 탄력 있게 넘실거리며 휘감아 왔다.

——해 버렸나……?!

사이토는 심장이 얼어붙는 느낌이었다.

아내의 여동생과 동침하는 것만으로도 아슬아슬할 지경인데, 선을 넘어버렸다면 변명의 여지도 없다. 마호는 사정을 아카네에게 보고할 것이고 아카네는 격분하며 모든 것이 무너지리라.

혹시 어젯밤부터 모든 일이 마호의 계략은 아니었을까. 자신은 감쪽같이 그 계략에 사로잡힌 것이 아닐까.

사이토가 초조하게 자신의 옷을 확인했다. 잠옷도 속옷도 제대로 몸에 걸치고 있었다. 시트가 흐트러져 있지도 않다. 어젯밤엔 그대로 잠들었나 보다.

일단 안도하는 사이토. 하지만 마호의 몸이 묘하게 뜨겁다는 것을 깨달았다. 온몸이 사우나라도 한 것처럼 땀방울이 맺혀 있고 숨소리도 거칠다. 괴로운 듯이 얼굴을 일그러뜨리고 있다.

"야, 괜찮아? 어디 아파?"

사이토가 묻자 마호가 느릿느릿 눈을 떴다.

"항상 먹는 약이 있는데…… 어젯밤엔 안 먹어서."

"너, 병이 아직도 안 나은 거야?"

"나았어……. 약만 먹으면 남들처럼 움직일 수 있고…… 피곤할 뿐이지 몸만 잘 관리하면 쓰러지지도 않고……."

그건 나았다고 말할 수 없었다.

사이토는 마호가 달리거나 떠들썩하게 군 뒤에 자주 숨을 가쁘게 몰아쉬며 웅크리고 있던 것을 떠올렸다. 귀신의 집에서도 사실은 꾀병이 아니었을지도 모른다.

일부러 꾀병인 척을 하며 속이고 있던 것이다.

이 거짓말쟁이 소녀는.

"왜 안 먹었어."

"못 먹었어."

"약 어디 있는데?"

"오빠네 집. 어젯밤에 집에서 쫓겨났을 때 갖고 나올 시간이 없어서. 하룻밤 정도면 괜찮을 줄 알았는데…… 아니었나 보네."

마호가 웃어 보였다. 하지만 거기에 평소의 활력은 없다. 당장이라도 빛이 꺼질 것만 같은 연약함과, 덧없는 오기만이 감돌고 있다.

사이토가 머리맡의 스마트폰으로 손을 뻗었다.

"일단 구급차를……."

"안 돼!"

비명과도 같은 고함이 터져 나왔다. 갑자기 소리를 질러 목이 상한 것인지 마호가 여린 등을 구부리고 기침을 했다.

사이토가 마호의 등을 문질러주었다. 소녀의 나신을 만지는 것에 주저할 상황이 아니었다. 창백한 살갗 위로 등뼈가 튀어나와 있는 몸은 유리세공보다도 연약해 금방이라도 부서질 것 같다.

"구급차를 부르면, 가족에게 연락이 가⋯⋯. 소란이 생기면, 언니한테 들킬 거야⋯⋯."

"그런 말을 할 때가 아니잖아!"

"이 정도는 자주 있는 일이야⋯⋯. 의사 선생님도 이제 평범하게 생활해도 된다고 했고⋯⋯."

"정말로?"

"정말이야. 나도 아직 하고 싶은 게 많단 말이야. 이런 걸로 거짓말 안 해⋯⋯."

"그렇다면 좋겠지만⋯⋯."

비즈니스호텔이었기에 체크인할 때 선결제를 마친 상태였다. 사이토는 프런트에 전화를 넣어 택시를 불러달라고 요청했다. 택시가 도착하는 사이 마호에게 옷을 입혔다.

소녀의 맨살은 데일 듯이 뜨거웠다. 소매를 꿰기 위해 팔을 들고 있는 것도 괴로워 보이고, 머리도 위태롭게 흔들리고 있다. 도저히 자력으로 걸을 수 있는 상태가 아니었다.

프런트에서 도착했다는 연락을 받고 사이토는 침대에서 마호를 안아서 들었다.

"하하……. 공주님 안기, 처음이야. 오빠는 익숙해 보이네……."

"네 언니한테도 해본 적 있어."

마호가 눈을 깜빡였다.

"혹시 언니랑 오빠는, 사이가 그렇게 나쁘지는 않아……?"

"계속 천적이었어. 지금은…… 잘 몰라."

"동정이니까?"

"입 다물고 있어."

쓸데없는 말로 체력을 소모시키고 싶지 않아서 사이토는 엄한 어조로 말을 막았다.

혼을 냈는데도 마호는 기쁜 얼굴로 웃으며 사이토의 목에 팔을 둘렀다. 하지만 금세 그 팔은 힘없이 늘어졌다.

사이토는 엘리베이터를 타고 현관홀로 내려가 현관 앞에 서 있는 택시에 마호를 실었다. 운전사에게 병원 위치를 알려주자 택시가 달리기 시작한다.

흔들리는 차내에서 마호의 어깨가 사이토에게 기대어 왔다. 앉아 있는 것도 힘든 것 같았다.

사이토는 무릎 위에 마호의 머리를 얹고 병원에도 전화를 넣어두었다. 마호는 열 때문에 몽롱한지 갓난아이처럼 사이토의 옷을 움켜쥐고 있다.

병원에 도착하자마자 곧바로 진찰실로 안내되었다.

왜 약을 먹지 않았는지, 왜 이렇게 얇은 옷을 입고 있었는지 의사에게 몇 마디 꾸중을 듣고는 검사와 처치를 받았다.

마호의 말대로 생명에 지장은 없었지만 당분간 입원하게 되었다. 의사도 간호사도 익숙한 것인지 또 왔구나, 하는 담담한 분위기였다.

"오랜만에 실수해 버렸네……."

병실 침대에 누운 마호가 천장을 바라보며 중얼거렸다.

임시로 입었던 티셔츠에서 연분홍색 병원복으로 갈아입은 상태였다. 일어났을 당시보단 진정됐지만 아직 호흡은 가빠 보였다.

"30분쯤 있으면 네 부모님도 오실 거야. 내가 있으면 귀찮아지니까 이제 가볼게."

"자, 잠깐만."

사이토가 떠나려 하자 마호가 불러 세웠다.

"왜?"

"부탁할게……. 언니한테만은 말하지 말아줘……."

"네가 입원했다는 거?"

"쓰러졌다는 것도."

"아카네도 문병 오고 싶을 거 아냐."

211

장래의 꿈이 의사라고 하던 아카네라면 온 마음과 정성을 다해 간병해 줄 것이다. 애초에 아카네가 의사를 꿈꾸게 된 것도 여동생처럼 고통받는 사람을 구하고 싶었기 때문 아닌가.

　"싫어. 내 몸이 약한 탓에 언니한테는 어렸을 때부터 폐를 많이 끼쳤어. 항상 나를 돌봐주느라 언니는 친구들과 놀 시간도 없어서 친구도 거의 못 사귀었고."

　"이유가 그것만은 아니라고 생각하는데……. 주원인은 저 성격이지."

　"언니는 상냥해. 너무 상냥해서…… 이 이상 걱정시키고 싶지 않아. 나만 신경 쓰느라 자기가 하고 싶은 일도 못 하는 건 이제 싫어."

　마호가 간절히 호소했다. 그곳엔 평소의 익살스러운 가면은 한 톨도 없다. 있는 그대로의 감정을 고스란히 드러내고 있다는 것을 사이토도 알 수 있었다.

　"알았어. 아카네에겐 말하지 않을게."

　"응……. 오빠한테도 폐를 끼쳐서 미안해."

　떠나기 직전, 매달리듯 바라봐오던 마호의 모습이 쓸쓸해 보여 사이토는 가슴이 욱신거렸다.

　병원을 나온 사이토는 배기가스로 가득한 큰길가를 걸으며 시세이에게 전화를 걸었다. 아직 아카네의 분노는 활활 타오르고 있을 테니 일찌감치 머물 곳을 잡아둬야 했다.

『왜?』

신호음이 울린 지 몇 초 만에 시세이가 전화를 받았다.

"집에 돌아가지 못하게 됐어. 미안한데 한동안 묵을 수 없을까?"

『아카네랑 싸웠어?』

"그래. 꽤 위험한 레벨로."

『이혼?』

"이혼은…… 글쎄."

거기까지 틀어지진 않았으면 좋겠다고 사이토는 생각했다. 이 세상에 평화보다 더 나은 것은 없다. 텐류나 치요가 지금의 상황을 알게 되면 큰일이 날 것이다.

『마침 밖에서 드라이브 중이니까 바로 데리러 갈게. 그대로 법원 직행.』

"아직 이혼은 안 해!"

『사양할 필요 없어. 우리 회사 고문 변호사를 소개할게. 승률 120%. 어떤 검은 색이라도 새하얗게 만드는 데 유능.』

"초과된 20%는 어디서 나온 거야."

『잘 모르겠지만 들키지 않으면 범죄가 아니에요가 말버릇.』

"그딴 녀석은 당장 해고해."

목적을 위해서라면 수단을 가리지 않고, 법은 일족의 번영을 이끌기 위한 도구에 지나지 않는다고 단언하는 호조 그룹이지만, 아무리 그래도 그 변호사는 너무나도 새까맣다.

사이토가 차량을 막아주는 돌기둥 위에 걸터앉아 기다리고 있자 시세이네 차가 도착했다. 기름칠을 한 것처럼 윤기가 흐르는 흰색의 고급 리무진. 문을 여닫는 소리에도 부드러운 질감이 느껴졌다.

운전대를 잡은 사람은 늘 보는 폭주 메이드 운전사였다.

"오래 기다리셨습니다, 사이토 님. 음속의 벽을 넘으려고 노력했습니다만……."

"노력 안 해도 돼."

"물론 안전 운전에도 힘쓰고 있습니다."

"믿고 싶은데 음속을 내려는 시점에서 믿을 수가 없어."

"저는 인간의 한계를 알고 싶습니다."

"법정 속도가 인간의 한계다!"

사이토는 뒷좌석에서 안전띠를 단단히 동여맸다. 이는 목숨을 지키기 위한 행동이었다. 거리를 로켓 실험장으로 착각하고 있는 운전사와는 어울릴 수 없을 것 같다.

휴일의 거리를 차가 달리기 시작했다.

잠옷 차림의 사이토를 시세이가 응시했다.

"언제 아카네랑 싸웠어?"

"어젯밤. 이런저런 일이 있어서 입은 옷 그대로 쫓겨났어."

"어젯밤엔 어디서 잤어?"

"근처 비즈니스호텔."

"⋯⋯누구랑 잤어?"

예상 밖의 질문에 사이토는 움찔했다. 왜 혼자가 아니라고 생각한 것일까. 변함없이 빠른 눈치에 위협을 느꼈다.

"그런 건⋯⋯ 뭐, 당연하잖아⋯⋯. 알지?"

찡긋 윙크하며 살가운 웃음으로 얼버무리는 정도의 대응밖에 떠오르지 않았다.

무표정했지만 시세이의 오라가 눈에 띄게 싸늘했다. 살이 에일 정도의, 절대 영도에 가까운 공기였다.

시세이는 사이토의 무릎 위에 올라타더니 목덜미에 코를 들이댔다.

"여자애 냄새. 아카네가 아니야. 즉 아카네 외의 누군가와 하룻밤을 보냈다는 뜻."

"무, 무슨⋯⋯."

"옷을 입고 있었다면 이렇게까지 진한 냄새가 나진 않아. 상대는 알몸. 오빠도 알몸⋯⋯."

난 옷을 입고 있었다, 라고 황급히 반박하려던 사이토는 곧바로 입술을 깨물며 정지했다. 이는 고도의 유도 신문이었다. 시세이는 게임을 걸어오고 있다.

연산 능력에 있어서는 사이토를 능가하는 시세이지만, 여기서 질 수는 없었다. 두뇌 싸움을 걸어온다면 이쪽도 학년 제일의 두뇌로 반격할 뿐이다.

시세이가 메이드 운전사에게 명령했다.

"오빠가 솔직해질 수 있게 속도 300km 증가."

"알겠습니다."

메이드 운전사가 액셀을 밟았다. 경치가 적색편이를 일으키기 시작했다.

"잠깐잠깐잠깐잠깐!"

두뇌 싸움이 아니었다. 그냥 협박이다.

메이드 운전사가 운전대를 조종하며 전했다.

"최근에 니트로를 샀거든요."

"새 가방을 샀어~, 라고 말하듯이 보고하지 말라고!"

통칭 니트로, 엔진에 탑재하는 것만으로도 폭발적인 가속을 일으키는 시스템이다.

"저는 받는 월급 대부분을 이 차를 개조하는데 쏟고 있습니다."

"바보인가?!"

메이드 운전사는 조용히 고개를 저었다.

"합리적인 판단입니다. 제가 살 수 있는 클래스의 차를 개조하는 것보다 호조가의 차를 개조하는 편이 압도적인 주행력을 실현할 수 있습니다. 게다가 아무리 무리한 운행을 해도 유지관리 비용은 호조가의 부담입니다."

"그 집 오너가 듣고 있는데."

"아가씨는 제 편입니다."

씩씩하게 고개를 끄덕이는 시세이.

"시세는 아군. 설령 주행 중에 이 차가 전소해도 화내지 않아."

"제발 화 좀 내줘!"

"설령 회사의 돈을 횡령하더라도 화내지 않아."

"범죄잖아!"

"푸딩을 멋대로 먹었을 땐 화났어."

메이드 운전사가 깊숙이 고개를 숙였다.

"정말 죄송했습니다. 아가씨의 화난 얼굴을 보고 싶어서 그만……. 예상대로 너무 사랑스러워서 또 할 것 같습니다."

"악질이다……."

자동차보다 푸딩을 더 우선시하는 것은 평소 시세이의 모습이었다.

"이 새로운 니트로 시스템, 사실 시운전이 아직이거든요."

메이드 운전사가 어깨를 들썩거리며 해골 마크 스위치에 손가락을 가져가려는 순간, 사이토가 광속으로 자백했다.

자택에서 마호가 침대로 잠입해온 것, 뒤엉켜 있는 모습을 아카네한테 목격당해 쫓겨난 것, 마호와 호텔에 머물렀던 것, 마호가 몸이 아파 입원한 것 등을 모두 털어놓는다.

"아가씨, 어떻게 하시겠습니까? 참수인가요?"

"참수는 불쌍하니까. 콘크리트 채워서."

"둘 다 불쌍해!"

메이드 운전사와 시세이의 시선이 따갑다. 적어도 메이드는 앞을 보고 운전에 집중해줬으면 좋겠다고 사이토는 속으로 빌었다.

　"괜찮아. 시세는 이해했어. 오빠는 미소녀 아내만으로는 만족하지 못해 아내의 여동생인 미소녀에게도 손을 댄 거지. 이런 오빠를 둬서 굉장히 부끄러워."

　시세이가 사이토로부터 거리를 두고 좌석 끝에 달라붙었다.

　"진심으로 정색하지 말아줘. 전부 불가항력이라고……."

　사이토는 실로 괴로운 심정이었다.

　"벌로 오빠는 오늘 밤 알몸으로 시세와 자야 해."

　"그럼 저는 촬영을 맡도록 하겠습니다."

　"왜 촬영하는데?!"

　"추억 만들기?"

　고개를 갸우뚱하는 시세이.

　"그런 스캔들뿐인 추억은 필요 없어."

　"벗는 건 오빠뿐이니까 괜찮아."

　"문제 풀코스잖아!"

　"오빠는 시세도 벗었으면 좋겠어? 그렇다면 노력할게."

　"노력 따위 바라지 않아!"

　"그럼 오빠한테 고무줄을 물리고 그대로 늘려서……."

　"벌이 아니라 벌칙 아니야?"

가시지 않는 불안을 안고 사이토는 폭주하는 리무진을 타고 시세이의 저택으로 연행되었다.

학교 복도에서 사이토를 발견한 아카네가 거친 발걸음으로 다가왔다.

"좀 물어보고 싶은 게 있어."

"뭐, 뭔데……?"

사이토는 당장이라도 도망칠 태세를 갖추고 있었다.

쉽게 도망가지 못하도록 아카네는 거리를 좁혀 사이토의 넥타이를 잡아챘다.

"내 여동생 어디 있는지 몰라? 그 후로 학교에도 안 온 것 같고 본가에도 없어."

"글쎄……. 부모님께 여쭤보면 되지 않아?"

사이토가 어깨를 으쓱했다.

"물어봤어. 하지만 아버지도 어머니도 '또 여행 갔다'는 말씀만 하시고 제대로 대답을 안 해줘."

"여행을 갔다면 여행을 간 거겠지."

"그럼 나한테 인사 정도는 하고 갔을 거야. 마호한테 전화도 안 되고, 메시지도 안 읽고, 뭔가 이상해……."

아카네가 이를 악물었다.

집에서 내쫓은 탓에 마호한테 미움을 받은 것일까.

하지만 비록 형식적인 결혼이라고 해도, 허락도 없이 언니의 배우자에게 그런 짓을 했으니 혼나도 어쩔 수 없는 일이었다. 언니 대신 사이토와 결혼하자고 하던 마호의 제안에 아카네는 아직 대답도 하지 않은 상태였다.

"조만간 거기로 돌아가지 않을까?"

"어떻게 알아? 역시 뭔가 알고 있는 거지?"

"아니……. 그냥 감으로."

사이토가 머리를 긁적였다.

"넌 감으로 움직이는 인간이 아니야. 마호랑 친하니까 사정을 들은 거지?"

"별로 사이 안 좋아."

"거짓말! 내 여동생이랑…… 그, 그거 했잖아!"

"안 했어!"

"했어! 하필이면 우리 둘의 침대에서 속옷 차림의 여동생이랑 뒹굴…… 으읍!"

손으로 입을 틀어막힌 아카네가 버둥거리며 날뛰었다.

사이토는 창백한 얼굴로 목소리를 낮췄다.

"누가 들으면 오해할 소리 하지 마! 다른 애들이 들으면 어쩌려고 그래!"

사이토의 손아귀에서 벗어난 아카네가 그를 노려본다.

"사실이잖아!"

"적어도 난 떳떳하지 못한 짓은 안 했어!"

"그렇다면 마호랑 둘이서 제대로 설명해! 마호를 만나게 해줘!"

"나한테 물어봐도 곤란해."

"……읏!"

자신만 동떨어진 듯한 초조함에 속이 타들어 갔다.

아카네는 마호가 걱정됐지만, 거처조차 모른다. 또 쓰러진 것은 아닌지, 병이 너무 악화되어서 자신과 마호를 못 만나게 하려는 것은 아닌지, 그런 어두운 상상만 계속 부풀었다.

"곧 수업 시작이니까 난 교실로 돌아갈게."

등을 돌리는 사이토를 아카네가 제지했다.

"잠깐만! 넌 대체 언제쯤……."

돌아올 건데, 라는 말은 차마 입에 담을 수 없었다.

사이토를 내쫓은 것은 자기 자신이다. 그런데 이제 와서 빨리 돌아오라는 요구를 할 수는 없는 노릇이다. 최소한의 짐도 시세이가 가져가 버렸으니 사이토는 이제 다시는 돌아오지 않을지도 모른다.

마호에게도, 사이토에게도 미움받고 말았다.

사이토와는 오래전부터 앙숙지간이었지만 최근에는 서서히 관계가 나아지고 있었다. 그런데 모든 것이 부서져 버렸다. 모두가 자신을 떠나갔다.

싫다고 말하는 게 아니었는데.

아카네는 후회로 뒤범벅된 채, 흐려진 시야를 손바닥으로 덮었다.

사정을 모르는 아카네 대신 사이토는 마호의 병원에 매일 다녔다.

방과 후 학교를 나와 낡은 버스에 몸을 싣고 교외로 나간다.

차 안에는 노인의 모습이 눈에 들어왔다. 초등학생 정도 된 여자애 2명이 긴장한 얼굴로 좌석에 나란히 앉아 있다. 생김새가 비슷하니 자매일지도 모른다.

마호가 사달라고 부탁한 것이 있었기에 사이토는 한 정거장 앞서 내렸다. 패스트푸드 가게에 들렀다가 병원에 도착했다.

12층짜리 큰 병원 1층 현관홀은 외래환자로 붐볐다. 사이토는 엘리베이터에 올라 거울에 비친 자신의 모습을 바라보았다.

집에서 쫓겨난 원인을 제공한 민폐의 근원인 소녀인데 왜 놔둘 수가 없는 걸까. 역시 그 파티 때의 추억이 남아 있는 탓일까. 모르겠다.

마호는 침대에 반듯하게 누운 채로 천장을 바라보고 있었다. 사이토가 병실에 들어서자 마호는 곧바로 몸을 일으켜 눈가를 쓱쓱 닦고 미소를 지어 보인다.

"어서 와, 오빠. 또 나 보러 온 거야? 내가 그렇게 좋아?"

"방금 울고 있던 거 아니야?"

"안 울었어. 잠깐 비가 왔을 뿐이야."

"여긴 실내야."

오기를 부리는 마호를 보며 솔직하지 못한 것은 언니를 쏙 닮았다고 생각하는 사이토. 친구가 많은 타입도 아니니 언니마저 병문안을 와주지 않아 쓸쓸할 것이다.

사이토는 바퀴 달린 테이블을 침대 위로 옮겨다가 패스트푸드 가게 쇼핑백을 내려놓았다.

"자, 선물이다."

"와~. 병원식은 싱겁고 채소만 가득해서 싫었거든."

마호가 환한 얼굴로 쇼핑백을 열어 내용물을 꺼냈다.

"콜라랑 버거뿐? 감자튀김도 포함해달라고 했는데."

"너무 응석을 받아주면 내가 의사랑 네 부모님께 혼나니까."

"하지만 나한테는 사랑받을 텐데?"

"사랑은 필요 없어."

"사랑받고 싶어서 내가 하는 말 들어주는 거잖아?"

"네가 끈질기니까."

병문안을 올 때마다 햄버거를 먹고 싶다고 졸라오니 천하의 사이토도 항복 선언을 하고 말았다. 영양의 균형을 완벽하게 계산한 병원식이 몸에는 좋을지도 모르겠지만, 마음의 건강도 중요할 것이다.

크게 베어 먹을 기운은 없는 것인지 마호는 조심스레 햄버거를 한입 먹더니 황홀한 감탄사를 뱉었다.

"으음, 이거야, 이거! 의사 선생님한테 숨기고 먹는 정크 푸드는 끝내준다니까~!"

"항상 아카네한테도 이렇게 졸랐어?"

"언니는 절대 안 사줬어. 이상한 해조류나 버섯, 건강식품은 이것저것 먹였지만."

마호가 빨대로 콜라를 들이켜며 만족스러운 한숨을 내쉬었다.

"미국의 맥도날드는 일본 맥도날드랑 많이 달라."

"그래?"

"아침부터 스테이크 버거 같은 것도 팔고, S사이즈 음료를 시켜도 일본의 L사이즈 정도로 나오고, 감자튀김 양도 엄청 많아서 훨씬 이득이야."

"잘 알고 있네."

"귀국 자녀니까."

가슴을 펴는 마호.

먹다 만 햄버거를 테이블에 놓고 원망스러운 눈빛으로 바라본다. 다 먹고 싶은 마음은 굴뚝같지만, 몸이 따라주지 않는 모양이었다.

"그렇게나 몸이 약한데도 해외로 자주 놀러 가나 보네."

"꿈이었으니까. 아빠랑 엄마가 열심히 일해서 큰 수술을 받게 해주신 덕분에 누워만 있지는 않게 됐지만…… 아직 완전히 정상은 아니야."

"그렇다면 무리할 필요는……."

"나, 무섭거든."

"뭐가?"

마호는 가녀린 두 팔을 끌어안고 몸을 작게 떨었다.

"또 언제 못 일어날지 무서워. 언제 죽을지 몰라서 무서워. 그래서 어렸을 때부터 동경했던 모든 걸 지금 미리 해 두고 싶어."

"……그렇군."

항상 욕망을 분출하며 에너지 넘치던 마호의 태도를 사이토는 조금이나마 이해했다. 그녀를 움직이게 하는 것은 초조함. 지나친 활력의 원동력은 곧 공포였다.

"그리고 말이지, 내가 해외여행을 무사히 다녀오면 언니가 안심해줘. 이번처럼 아플 때도 보이지 않고 끝날 수 있고."

"몸이 정상이 아니라는 것도 그 녀석에겐 비밀로 하고 있다는 거야?"

"응……. 내가 어렸을 때 언니한테는 늘 걱정만 시켰으니까……. 날 너무 좋아한다니까, 언니는……."

너도 언니를 엄청 좋아하잖아, 사이토는 속으로 중얼거렸다.

이 자매는 서로를 너무 좋아한 나머지 엇갈리고 상처받고 있다. 증오뿐만 아니라 애정 역시 상대를 괴롭게 할 수 있다는 것은 아이러니한 일이다.

"네가 날 유혹한 것도 아카네 때문이야?"

"어……?"

"처음엔 언니를 내게 빼앗겨서 되찾으려는 줄 알았어. 하지만 아니야. 넌 언니가…… 행복해지길 바랐던 거지?"

마호가 멋쩍은 얼굴로 고개를 숙인 채 이불 위에서 손을 움켜쥐었다.

"……어째서 들킨 거야."

"나를 향한 적의의 나약함이 마음에 걸렸어. 분명 넌 나를 싫어하긴 했지만, 언니와의 관계를 빼앗아 간 적을 향한 증오는 아니었어. 나는 매일 진짜 살의를 받고 있으니 알 수 있어."

가능하면 알고 싶진 않지만. 아카네와 반에서 보낸 2년, 그리고 결혼한 후의 강렬한 시간 덕분에 사이토는 적의의 수준을 어느 정도 알아차릴 수 있게 되었다.

"항복이야."

마호가 한숨을 내쉬었다.

"맞아. 언니 반에 정말 싫어하는 남자가 있다는 이야기는 전부터 들었어. 그 녀석 때문에 학년 1등을 못 한다고 언니는 계속 분해했거든. 그런 상대와 결혼을 하게 되다니 너무 가엾잖아."

"뭐…… 억지스러운 이야기긴 하지."

하필이면 물과 기름을 섞는 격이었다. 일찍이 포기했던 사랑을 어떻게든 이뤄보기 위함이라고 해도 텐류와 치요는 지나치게 폭주하고 있었다.

"이렇게 말도 안 되는 결혼으로 언니가 불행해질 바에야 내가 대신하는 게 낫다고 생각했어. 이번에야말로 본인이 좋아하는 일만 해줬으면 했으니까."

"나와 결혼해서 네가 좋아하는 상대와 결혼할 수 없게 되어도?"

"언니가 기뻐할 수만 있다면."

마호가 조금의 망설임도 없이 답했다.

사이토는 아카네가 말하던 솔직하고 가련한 병약 소녀의 이미지가 비로소 눈앞의 소녀와 겹쳐지는 것을 느꼈다. 허세도 많고 건방진 가면으로 위장되어 있지만, 그녀의 심지는 곧았다.

"그런데…… 내가 틀렸나 봐. 언니가 엄청 화냈어. 나 미움받아 버렸어. 이제…… 틀린 건지도 몰라."

마호가 눈에 눈물을 글썽이며 입술을 일그러뜨렸다.

"아카네는 지금도 널 좋아해. 네가 무슨 일을 벌이든 그 사실은 달라지지 않을 거야."

시세이에게 무슨 짓을 당해도 사이토가 시세이를 싫어하게 되는 일은 없는 것처럼. 유대는 한두 번의 싸움으로 사라지는 것이 아니었다.

"하지만……."

"걱정 마. 옆에 있을 테니까 잠 좀 자. 그리고 빨리 아카네한테 건강한 모습을 보여줘야지."

사이토가 타이르자 마호가 침대에 몸을 눕혔다. 그 손이 불안함을 내비치듯 이불 밖으로 쏙 튀어나왔다.

손을 잡아주며 잠을 재웠다는 아카네의 이야기를 떠올린 사이토는 마호의 손을 잡아주었다. 양손으로 부드럽게 감싸주자 마호는 안심한 얼굴로 눈을 감았다.

"오빠 손, 기분 좋다. 언니랑은 다르지만 진정돼……."

"시세도 자주 이렇게 재웠으니까."

"왜 이렇게 날 돌봐주는 거야? 난 오빠한테 잔뜩 폐만 끼쳤는데……."

"그건……."

왜 그럴까, 사이토는 다시금 생각했다.

마호를 싫어하지도 않았고, 놔둘 수 없는 위태로움이 있다는 것은 확실했다.

하지만, 그뿐만은 아니었다.

마호를 혼자 두어서는 안 된다. 자신이 책임지고 돌봐주어야 한다. 그런 식으로 생각하게 되는 것은…….

──그렇구나.

사이토는 알아버렸다.

예상치 못한 감정을 자각해 당혹스러움을 감출 수 없었다. 상대는 사이토를 누구보다 미워하는 소녀인데.

"나도…… 아카네의 행복을 바라고 있으니까."

"오빠도……?"

마호가 눈을 깜빡였다.

"기운이 없는 네가 이런 곳에서 쓸쓸하게 있으면 아카네가 슬퍼할 거야. 그 녀석이 웃지 않게 되는 게, 난 싫어."

"언니 웃는 얼굴은 정말 귀엽지."

"뭐, 그것만큼은 인정해."

사이토와 마호는 서로 가벼운 미소를 주고받았다.

"넌 이 결혼으로 아카네가 불행해질지도 모른다고 걱정하지만, 그 녀석을 불행하게 만들 생각은 없어. 네게서 언니를 빼앗지도 않을 거야. 그러니 안심해."

사랑도 없고, 연정도 없고, 그저 강제로 한 결혼이지만 두 사람은 함께 살고 있다. 사이토는 운명공동체인 동지끼리 쾌적하게 지내고 싶었다. 매일 아침 만나는 상대는 언제나 즐겁게 웃었으면 좋겠다.

"……뭐야. 나 바보 같아. 차라리 돌아오지 말 걸 그랬어."

자조하는 마호의 모습에 사이토가 고개를 저었다.

"그렇지 않아. 네가 멀리 있어서 못 만나는 동안 아카네는 쓸쓸해하고 우울해했어. 설령 걱정을 하게 되더라도 아카네는 너와 함께 있고 싶을 거야."

"나, 언니 옆에 있어도 돼……?"

마호가 머뭇거리며 물었다.

"당연하지. 그게 아카네의 행복이니까."

손이 많이 간다는 것은 결코 나쁜 것만은 아니다. 소중한 사람을 돌보는 것도 행복의 한 형태였다.

"오빠는? 나랑 같이 있고 싶어?"

"나도 너랑 아무 생각 없이 노는 건 재미있어."

"……나도."

마호가 걸친 이불 끝으로 얼굴을 빼꼼 내밀며 수줍게 웃었다.

사이토의 뒤를 따라 병원까지 온 아카네는 복도에 숨어 두 사람의 동태를 살피고 있었다.

자신만 따돌리는 것도, 사이토가 뻔뻔스럽게 마호의 손을 잡은 것도 용서할 수 없었다. 결정적인 순간에 쳐들어가서 혼내주려고 생각하고 있던 참이었다.

"나도…… 아카네의 행복을 바라고 있으니까."

들려오는 사이토의 말소리에 아카네는 자신의 귀를 의

심했다.

그런 말을 사이토가 하다니 믿을 수 없다. 그 남자가 원하는 것은 자신의 행복뿐이라고 생각했다.

하지만 싫은 기분은 아니었다.

어쩐지 고동이 빨라지더니 점점 더 가속화했다.

가슴 속이 너무 뜨겁고, 온몸이 뜨거워서 어쩌면 좋을지 모르겠다.

사이토가 아카네의 웃는 얼굴을 귀엽다고 생각했다.

사이토가 마호에게 아카네의 곁을 지켜주라고 등을 밀어주었다.

정말 싫어하는 같은 반 남자애의 상냥한 모습을 보게 된 아카네는 혼란스러웠다. 정말 싫어하는데, 이 세상에서 사라져줬으면 하는 상대인데.

"마실 것 좀 사 올게."

사이토가 마호에게 양해를 얻고 병실에서 나왔다.

"앗……."

"아카네?!"

놀라서 굳는 사이토.

아카네는 무슨 말을 해야 할지, 어떤 얼굴을 해야 할지 알 수 없었다. 반사적으로 그 자리에서 달려 나와 엘리베이터로 달아났다.

심장이 튀어나올 것처럼 뛰고 있었다.

위로 올라가는 스위치를 누른 바람에 올라가는 엘리베이터를 멈출 수가 없다.

발로 버티고 서 있으려 해도 무릎이 떨려왔다. 사이토의 부드러운 목소리가 귓전에 울려 퍼졌다.

——이게 뭐야……?!

거울에 비친 얼굴은 딸기처럼 새빨갰다.

"미안해, 언니! 전부 내가 잘못했어!"

3학년 A반 교실 앞에서 마호가 깊숙이 고개를 숙였다.

"잘못했다니, 그게 무슨 말이야?"

아카네가 어리둥절한 얼굴로 물었다.

점심시간의 복도는 인적도 드물었고 따스한 햇살이 창가로 새어들고 있었다. 멀리서 나는 비행기 소리를 들으며 사이토는 마호의 옆에서 상황을 지켜보았다.

"나 여기 돌아온 뒤로 계속 오빠를 유혹했어. 언니를 불행하게 만들고 싶지 않아서, 내가 대신하려고."

"침실에서 서로 껴안고 있었던 것도 그것 때문이라는 거야……?"

마호가 심각한 얼굴로 말했다.

"나 꽤 열심히 들이댔는데, 오빠가 어찌나 고지식한지 전혀 손을 대지 않더라. 아마 안 달려 있나 봐."

"역시……? 나도 그런 느낌은 있었는데……."

"야."

엉뚱한 소문이 날 것 같은 예감에 사이토가 이의를 제기했다.

마호는 양손을 두드렸다.

"아, 하지만 괜찮아. 있는 건 틀림없어. 똑똑히 확인했으니까."

"어떻게?!"

"그야 당연히 같이 목욕을 했읍읍!"

사이토의 손바닥이 바람을 가르며 돌진해 마호의 입을 막았다. 그대로 호흡까지 정지시킬 기세로 코까지 막았지만 마호는 사이토의 팔을 쏙 빠져나갔다.

──쓸데없는 소리 하지 마!

못을 박는 사이토의 시선에 히죽히죽 웃는 마호. 완전히 소악마 모드 부활이다. 성가시기 짝이 없지만, 건강을 되찾은 것은 일단 안심이다.

"그러니까 오빠는 아무 이상 없어. 오히려 병문안도 잔뜩 와주고, 엄청 좋은 사람이야! 그러니까 오빠를 용서해줘!"

"마호, 너……."

성심성의껏 설득해주는 그녀의 모습에 사이토는 가슴이 찡했다.

아카네가 머뭇거렸다.

"마호가 그렇게 말한다면 생각은 해보겠지만……. 나 대신 희생하겠다든가, 그런 생각은 하지 마."

"왜?"

"난 소중한 동생이 행복하게 살았으면 좋겠어. 이 지옥 같은 고통을 참고 견디는 건 나 하나로 충분하니까."

"그렇게까지 말할 일인가?"

마치 도깨비에게 바쳐지는 듯한 말투에 사이토는 처량한

심정이었다. 그렇다고 지옥이라는 것을 부정할 수도 없다.

마호가 씩씩하게 고개를 끄덕였다.

"알았어. 언니를 대신하겠다는 생각은 이제 안 해. 내 마음대로 살 거야!"

"그래, 그거면 돼."

미소 짓는 아카네.

장난의 화신 같은 마호가 유혹하는 일도 더는 없을 것이다. 이것으로 평화로운 생활이 더는 위협받지 않겠지, 그런 생각에 사이토는 안도했다.

"그런데, 언니."

마호가 사이토에게 다가갔다. 그 입술이 다가오더니, 작은 소리를 내며 사이토의 뺨을 꾹 누른다. 부드럽고 촉촉한 감촉.

""어......?""

사이토와 아카네 두 사람은 상황을 따라가지 못하고 몸을 굳혔다.

마호는 사이토의 팔을 감싸 안으며 키득키득 웃었다.

"나, 정말로 좋아져 버렸거든. 그러니까 오빠는 내가 데려갈게."

"사이토......? 너, 감히 여동생을 속여서......."

눈을 부릅뜨는 아카네. 온몸에서 홍련의 오라가 피어오른다.

"아니, 아니?! 난 아무것도 안 했는데?!"

쏟아지기 시작한 재난의 기운에 사이토는 허겁지겁 부정했다.

마호는 사이토에게 몸을 기댄 채 뺨을 감싸며 수줍어했다.

"하고 있어~♪. 그런 어른의 여유를 보이면서 상냥하게 대해주면 좋아할 수밖에 없잖아? 전력으로 나를 꼬셔댔잖아?"

"안 꼬셨어!"

사이토는 마지막까지 마호를 혼자 놔두지 못했을 뿐이다.

"오빠랑 나, 단둘이서 호텔도 간 사이거든~."

"자, 잠깐! 무슨 뜻이야?!"

"비즈니스호텔! 방도 두 개 잡았어!"

"결국 같이 잤지? 오빠 팔베개 기분 좋았어~."

"아주 친해 보이네……."

어깨를 부들부들 떠는 아카네.

"아침에 일어났더니 내 옷도 벗겨진 채였고."

"네가 멋대로 벗은 거잖아!"

"몸이 뜨거워서 그랬어. 오빠 때문에."

"만악의 근원은 사이토라는 뜻이구나……."

마호가 허리를 숙이더니 사이토의 가슴을 쿡쿡 찔렀다.

"나 빨리 오빠의 아이를 낳고 싶어."

"그만해애──!"

아카네가 교실로 뛰어 들어가 무기를 찾기 시작하자 사이토는 위기감을 느꼈다. 마호가 오해를 풀어줬어야 할 상황에, 오해가 점점 더 심해지고 있었다.

"아~, 오빠도 참. 언니를 화나게 해버렸네."

"화나게 한 건 너잖아! 지금 화내야 하는 건 나거든!"

이 세상의 불공평함이 모두 응축된 상황이었다.

"그러고 보니 오빠가 파티에서 만났다는 애, 누군지 알아버렸어~."

"뭐?! 누군데?! 너 아니었어?!"

무심코 반응한 사이토는 마호가 입꼬리를 올리는 것을 보고 아차 싶었다.

"아핫♪. 그렇게나 알고 싶어~?"

"아니……. 그냥 좀 관심이 있는 것뿐이야."

상대가 유리한 고지를 선점하게 되면 거래는 지는 것이다.

"거짓말만 하긴. 엄청 필사적이면서."

마호가 진홍색 입술을 손가락으로 매만지며 사이토에게 몸을 들이밀었다.

"오빠가 나한테 키스해주면 알려줄게."

"여기서 그런 걸 어떻게 해!"

"어라? 여기가 아니면 돼? 살짝 본심이 나온 거야~?"

"이 자식이……."

"좋아~, 단둘만 있을 수 있는 곳으로 가자! 수업 빼먹고 노래방 가자~!"

"넌 네 교실로 돌아가!"

이 소녀는 여전히 성가실 뿐이라며 사이토는 탄식했다.

사이토는 교실 자리에 앉아 단단히 삐쳐있는 아카네에게 다가갔다. 주변에 다른 학생이 없는 지금이 그녀와 대화할 기회였다.

언제까지나 시세이의 집에서 신세를 지는 것도 힘들었기에 조금이라도 빨리 아카네의 기분을 풀고 싶었다.

고모는 영원히 그곳에서 살라고 말씀하셨지만 그렇게까지 신세를 질 수는 없는 노릇이다. 비록 지옥 같은 전쟁터지만 아카네와의 집이 사이토의 집이었다.

"……아카네."

사이토가 말을 걸었지만, 아카네는 거들떠보지도 않은 채 뚱한 얼굴을 짓고 있다.

"……왜?"

"저기…… 미안했어."

사이토는 설득할 방법이 떠오르지 않아 결국 어색하게 입을 열었다.

아카네가 사이토를 째릿 노려보았다.

"왜 사과해? 내 친구뿐만 아니라 동생까지 반해버렸으

니까? 인기가 많아서 미안하다는 거야?"

"……."

대답하지 못하는 사이토.

"……너한테 하나 확인하고 싶은 게 있어."

"뭔데?"

손을 꼭 마주 잡은 아카네가 그를 올려다보며 물었다.

"병원에서…… 내, 내 행복을 바란다고 했던 거…… 진심이야?"

"그건……."

듣고 있었던 건가 싶어 사이토는 당황했다.

그때는 마호밖에 없다고 생각했기 때문에 저도 모르게 솔직하게 나온 말이었는데, 설마 본인의 귀에 들어갔을 줄은 몰랐다. 천적에게 그런 말을 들어서 무척이나 심기가 불편할 것이 분명했다.

"그건 말이지……."

필사적으로 변명을 궁리하고 있는 사이토를 아카네가 압박했다.

"솔직하게 대답 안 하면 용서하지 않겠어."

모든 것을 꿰뚫어 보는 듯한 날카로운 시선.

도망갈 길은 없다.

"……진심이야."

사이토는 자백했다.

아카네는 이내 시선을 피하고는 고개를 숙였다. 그녀의
귓불이 순식간에 붉게 물들어 갔다.

"……기뻐."

앙증맞은 입술 새로 속삭이는 듯한 소리가 새어 나왔다.

사이토는 온몸의 피가 끓어오르는 것을 느꼈다.

기쁘다는 건, 대체 무슨 뜻이지? 사이토가 행복을 바란
다고 한 것이 기쁘다고? 천적인 아카네가? 왜?

사이토는 혼란스러웠다. 아카네가 무슨 생각을 하는지
모르겠다.

다만 수줍게 몸을 떠는 아카네의 모습이 귀여워서 참을
수 없이 심장이 뛰었다.

교복 소매를 만지작거리며 머뭇거리던 아카네가 입을
열었다.

"그럼…… 저기…… 이제, 집으로 돌아와."

"네, 네가 괜찮다면……."

"괜찮진 않아! 너랑 한집에서 자고 일어나야 한다니 끔
찍해! 하지만 네가 너무 오래 집을 비우면 할머니한테 들
킬지도 모르잖아! 그럼 나만 혼나게 될 거고!"

새빨간 얼굴로 속사포처럼 내뱉는 아카네. 수치심이 한
계에 달한 것이 훤히 보였다.

"뭐…… 그렇지. 그럼 돌아갈게."

"응……."

꿀에 질식할 것만 같은 달콤한 침묵이 둘 사이를 가득 메웠다.

사이토는 설마 아카네 쪽에서 돌아오라는 말을 할 거라고는 예상하지 못했다. 이번 싸움은 상당히 고된 시간이었지만, 이제야 모든 것이 제자리를 찾았다.

그렇게 생각했는데.

"……역시 아카네는 사이토와 함께 살고 있었구나."

뒤에서 들려온 소리에 사이토가 돌아보니 히마리가 서 있었다.

교실 아이들이 웅성거렸다.

"뭐야, 거짓말……." "아카네랑 사이토가……?" "1학년 때부터 수상한 느낌은 있었지~." "근데 동거라니 위험한 거 아냐?" "다른 애들한테도 알려줘야지!"

삽시간에 파문이 퍼지며 교실 안은 떠들썩한 소용돌이에 휩싸였다.

후기

인간은 강물의 돌멩이와 같다는 말이 있습니다.

처음에는 모난 돌이지만 흐르는 강물 속에서 다른 돌과 부딪치며 오랜 세월에 걸쳐 둥글게 변해갑니다.

인격도 많든 적든 교류하는 상대의 영향을 받는 것 같습니다. 모난 부분이 사라지며 성숙해지는 사람도 있고, 반대로 일그러져 가는 사람도 있습니다.

사이토와 아카네는 어느 쪽인가 하면 고독한 인간입니다. 늘 좁은 세상에 틀어박혀 지내던 두 사람이 이제는 하루가 멀다 하고 부딪치며 서로 영향을 주고받고 있지요.

처절한 지옥 속에서 두 사람의 마음은 어떻게 변해갈 것인지.

이미 그 변화가 나타나고 있을지도 모르겠네요.

덕분에 유튜브 만화 영상으로 시작한 《반에서 가장 싫어하는 여자애와 결혼하게 되었다》도 4권째가 되었습니다. 11월부터는 YouTube발 라이트노벨 페어도 시작하면서 아카네가 안내 일러스트의 센터를 장식하게 되었습니다.

아카네의 수면 ASMR에 이어 ListenGo로 소설 한 권 분량의 오디오북도 출간되었습니다. 유튜브 판으로 익숙한 스즈키 아유 님께서 내레이션을 맡아주셨습니다.

해당 책이 출간되기까지 많은 분께 신세를 졌습니다.

담당 편집자 K님, N님, MF 문고 J편집부의 여러분. 세심한 지원과 전폭적인 응원에 항상 감사드립니다. 제안해 주시는 재미있는 도전도 항상 기대하고 있습니다.

일러스트레이터 나루미 나나미 선생님. 마호의 디자인도 무척이나 마음에 들었습니다. 이런 애한테 유혹당하고 싶습니다. 농락당하고 싶습니다. 앞으로도 큰 활약을 보여줄 거라 생각합니다.

만화가 모스콘부 선생님. 만화 6화의 아카네는 모두를 죽이러 온 건가요? 파괴력이 너무 굉장한 나머지 사이토뿐만 아니라 제 심장까지 뚫릴 뻔했습니다.

그리고 독자 여러분. 1권부터 꾸준히 응원해주셔서 진심으로 감사드립니다. 여러분의 감상이나 추천 덕분에 점점 반여결이 많은 분께 퍼져나가는 것을 실감합니다.

이 책과 거의 동시에 만화책 1권도 발매됩니다. 소설만으로는 다 전할 수 없는 아카네의 사랑스러운 표정이 빠짐없이 그려져 있으니 꼭 함께 읽어봐 주세요.

늦가을 해 질 녘, 새로운 거처에서
2021년 11월 14일 아마노 세이주

CLASS NO DAIKIRAI NA JOSHI TO KEKKONSURUKOTO NI NATTA. 4
©Amano Seiju 2021
First published in Japan in 2021 by KADOKAWA CORPORATION, Tokyo.
Korean translation rights arranged with KADOKAWA CORPORATION, Tokyo.

반에서 가장 싫어하는 여자애와 결혼하게 되었다. 4

2022년 11월 15일 1판 1쇄 발행

저　　　자 아마노 세이주
일 러 스 트 나루미 나나미
캐릭터원안 모스콘부
옮 긴 이 이소정
발 행 인 유재옥
본 부 장 조병권
편 집 1 팀 김준규 김혜연 박소연
편 집 2 팀 박치우 정영길 정지원 조찬희
편 집 3 팀 곽혜민 오준영 이해빈
라이츠담당 김정미 맹미영 이윤서 이승희
디 지 털 김지연 박상섭
미　　　술 김보라 박민솔
발 행 처 ㈜소미미디어
인쇄제작처 ㈜코리아피엔피
등　　　록 제2015-000008호
주　　　소 서울시 마포구 토정로222, 403호 (신수동, 한국출판콘텐츠센터)
판　　　매 ㈜소미미디어
마 케 팅 박종욱
영　　　업 최원석 최정연 한민지
물　　　류 백철기 허석용
전　　　화 (02)567-3388, Fax (02)322-7665

ISBN 979-11-384-3470-6 04830
ISBN 979-11-384-0841-7 (세트)